U0460316

闲云续集

戴霖军　著

浙江人民美术出版社

图书在版编目（ＣＩＰ）数据

闲云续集 / 戴霖军著. -- 杭州：浙江人民美术出
版社，2023.8
　ISBN 978-7-5340-4649-0

　Ⅰ.①闲… Ⅱ.①戴… Ⅲ.①古体诗－诗集－中国－
当代 Ⅳ.①I227.7

中国版本图书馆CIP数据核字（2023）第116160号

闲云续集

戴霖军　著

责任编辑　徐寒冰
责任校对　钱倀侬
责任印制　陈柏荣
图片拍摄　李凌娇

出版发行　浙江人民美术出版社
　　　　　（杭州市体育场路347号）
经　　销　全国各地新华书店
制　　版　浙江新华图文制作有限公司
印　　刷　浙江海虹彩色印务有限公司
版　　次　2023年8月第1版
印　　次　2023年8月第1次印刷
开　　本　880mm×1230mm　1/32
印　　张　7.375
字　　数　200千字
书　　号　ISBN 978-7-5340-4649-0
定　　价　68.00元

如发现印刷装订质量问题，影响阅读，请与承印厂联系调换。

前言

距离《闲云集》梓行，已经过去六个年头了。六年来，读诗写诗、享受诗意生活，成了我退休生涯的重要组成部分。因此，创作的诗词赋联作品比以前多了一些，体量与质量也有所提高。今从习作中择取部分，编成《闲云续集》，算是对六年创作实践的回顾和总结，以期在新的起点上继续前行。

戴霖军

2023 年 3 月

目　录

丁酉清吟

戊戌小唱

己亥杂诗

6

庚子长歌

辛丑心语

壬寅漫咏

缑乡两赋

寄情联语

丁酉清吟

一剪梅·二十四节气系列

（一）立春

绿蚁红炉多少回，坐看云飞，静待春归。
立春时节未逢春，草木萧萧，冷雨霏霏。

春意姗姗可问谁？水里游鱼，枝上红梅。
春寒料峭蕴温柔，岸柳新芽，小鸟频催。

（二）雨水

春信浓浓雨水欢，陌上溪头，草色遥看。
东风吹起愈绵绵，醉了江南，暖了幽燕。

撩拨春思亦可怜，池里涟漪，心底微澜。
青山雨霁白云闲，湿了琴弦，润了诗笺。

（三）惊蛰

九九惊雷别有情，春色婀娜，相绕盈盈。
山山布谷唱殷勤，唤醒夭桃，催起春耕。

白鹭轻轻牛背停，新燕翩翩，嫩雨泠泠。
谁家米酒又飘香，梦着丰年，醉着温馨。

（四）春分

十里桃花迎上神，犹抱琵琶，半倚重门。
谁言春色正中分？无赖轻寒，漫扰山村。

新茗微凉夜已奁，笔也沉沉，灯也昏昏。
透帘檐滴恁销魂，何处鸡鸣，送我清晨。

（注：上神，指春姑娘。）

（五）清明

二十六年前的那场车祸，慈母永远离开了我们。那晚，
我一夜见白发。

最是清明将息难，雨又绵绵，愁又绵绵。
哀伤一掬祭先慈，如雪长幡，如血山鹃。

廿六春秋犹眼前，思也年年，痛也年年。
车来车往总惊心，世卜依然，天卜安然？

（六）谷雨

水愈泱泱山愈苍，谷雨时分，烂熳春光。
杨花风里牡丹香，蜂采嗡嗡，蝶舞双双。

镇日胡诌三两行，辜负新茶，堪叹江郎。
不如荷笠向斜阳，一柄锄头，几束瓜秧。

（七）立夏

春踏归程夏欲临，草色深深，绿树阴阴。
青梅枝上对风吟，隔叶黄鹂，勤送清音。

山笋樱桃随处寻，蚕豆初尝，米酒频斟。
阖家斗蛋享天伦，赢也开心，输也开心。

（八）小满

四月江南漫足夸，竹海张扬，麦浪奢华。
小园胜景亦清嘉，印屐苍苔，照眼榴花。

陌上归来兴未赊，惦记凉风，留恋余霞。
诗心今夜落谁家？点水新荷，带露枇杷。

（九）芒种

染尽东风绿更肥，何处菱歌，欲逐云飞。
忙收忙种事相催，麦抢炎炎，稻抢霏霏。

几处农家正晚炊，新饼香飘，只待郎归。
斜晖脉脉拥柴扉，满架蔷薇，一树青梅。

（十）夏至

又见枝头梅子黄，豆角青青，瓜蔓长长。
田园杂草亦疯狂，三日不除，成片成行。

稼事归来独举觞，蛙鼓蝉鸣，敲打心房。
无边闲绪付茫茫，收拾吟怀，听雨南窗。

（十一）小暑

告别黄梅暑便狂，祈盼清风，怕说骄阳。
几番雷雨洗山乡，七彩长虹，斜挂荷塘。

每忆儿时乘晚凉，争诵歌谣，细数星光。
一摇蒲扇梦匆匆，促织声中，两鬓飞霜。

（十二）大暑

终究清风不肯赊，处处炎蒸，日日桑拿。
可怜菜圃倩谁嗟，蔫了青椒，枯了番茄。

午后慵将湘簟斜，枕底诗经，梦里蒹葭。
醒来闲品浣溪沙，一盏红茶，两片西瓜。

（十三）立秋

云缀蓝天雨带虹，依旧骄阳，隐约凉风。
白驹过隙太匆匆，才赏新荷，又见莲蓬。

散步逍遥晚趣浓，三五邻居，海阔天空。
诗心自在月明中，那缕清箫，那片梧桐。

（十四）处暑

忽见西风摇树忙，屈指原知，处暑时光。
庭前茉莉送幽香，菊蕾初成，枣色微黄。

萝卜安家玉米旁，一把泥灰，几许期望。
连明夜雨濯心房，诗也新鲜，梦也清凉。

（十五）白露

枝渐萧萧叶渐黄，嗟怨西风，吹老荷塘。
天边鸿雁又成行，恣意浮云，无奈残阳。

春去秋来为底忙，山月清辉，何必如霜。
谁怜珠露映星光，打湿黎明，浸透思量。

（十六）秋分

恰是秋分八月天，风送丹桴，野绽银棉。
一场秋雨一场寒，涨了秋池，染了秋山。

何处箫声透画帘，蛩也低吟，月也张弦。
清宵自此愈漫漫，好把诗情，写满云笺。

（十七）寒露

寒露匆匆又叩门，篱菊初黄，鸿雁来宾。
西风莫道不销魂，细雨蒙蒙，落叶纷纷。

惆怅无端役此身，明月青山，谁可相因。
一竿在手忘晨昏，天上溪中，尽是浮云。

（十八）霜降

飒飒金风别样天，鹰击长空，霜觑江南。
枫红荻白画中看，柿挂灯笼，稻唱丰年。

锄罢秋畦耕砚田，笔走龙蛇，墨蕴清欢。
琴声起处夕阳闲，负手东篱，送目南山。

（十九）立冬

秋尽冬来愁未央，细雨轻寒，柳叶疏黄。
西风渐作北风狂，孤鹜回翔，远黛苍茫。

乐水亲山闲也忙，清逸情怀，静好时光。
词章未妥费徜徉，惟有冰轮，浅浅相望。

（二十）小雪

日日荧屏报降温，苦雨侵衣，小雪时分。
纵然枫叶若彤云，霜剑风刀，终究成尘。

昨夜琼英入梦频，千岭晶莹，万树缤纷。
今宵何处觅诗魂？往事如烟，新月黄昏。

（二十一）大雪

溪柳萧疏溪水寒，叶舞回风，云笼危巅。
依稀北斗叹阑珊，玉絮无踪，诗债谁还？

难忘当年长白山，如席飞花，如梦温泉。
何时向晚雪漫天，老友新醅，丽句佳篇。

（注：2012年春，曾游长白山。但尚未进入腹地，便遇暴雪。不得已放弃上天池之计划，转而在山脚泡了一次真正意义上"冰火两重天"的露天温泉，印象极其深刻。）

（二十二）冬至

争奈寒潮未肯闲，水也凝波，山也无言。
又逢冬至大如年，数碟佳肴，半碗汤圆。

岁月蹉跎鬓愈斑，秋实春华，惟有诗田。
兴来漫步小溪边，梅蕾盈枝，孕满春天。

（二十三）小寒

雪意屏山冰意溪，三九寒潮，漫卷东西。
游鱼默默聚深池，静待东君，懒搅涟漪。

每爱围炉品茗时，琴韵声希，诗韵珠玑。
暗香明月叩心扉，一样黄昏，别样情思。

（二十四）大寒

岁尾从来寒意长，雪也张狂，风也张狂。
水仙昨夜绽书房，倩倩冰姿，款款添香。

吟罢新词廿四章，苦也难忘，甘也难忘。
冬云尽处是春阳，满满初心，浅浅行囊。

宁海县获评中华诗教先进单位志喜

潮头谁敢立？龙跃向苍穹。
浦水渔歌里，缑山樵曲中。
小荷堪映日，高帜自迎风。
莫道征程远，滔滔一棹东。

十九大放歌

号角声声起北京，披荆斩棘又长征。
他年圆得复兴梦，一览众山谁与争。

访天台国清寺

欲上天台久，随云访梵宫。
高钟三界外，古刹五峰中。
无语千年塔，有缘十里松。
犹怜西涧水，日夜自淙淙。

读海头村八景诗有赋

蛙屿坪岩夕照西，樵歌渔火钓翁痴。
古村地覆天翻处，谁续煌煌八景诗。

（注：蛙屿渔灯、坪岩踏雪、红岩夕照、金龙樵歌、安桥垂钓均属"海头八景"。）

浣溪沙·力洋古村落行吟

独占鳌头安拙房，牡丹四凤见雕梁。
炮楼雄峙守沧桑。

沥水曾经流热血，苍山依旧蕴华章。
高天鸿鹄伴云翔。

（注：独占鳌头、安拙山房、四凤穿牡丹均系力洋村古民居名。完善的
防盗措施是力洋古民居的一大特色。该村走出过"辛亥"名将叶颂清、
著名学者叶沛婴、著名翻译家叶水夫等志士仁人。）

浣溪沙·"八一八"台灾二十周年漫忆

暴雨狂风浪纵横，家园一夜变沧瀛。
当年漫忆足心惊。

万众灾前凝巨力，三年海上矗长城。
缑乡自此享安宁。

登帽峰山忆旧游

　　吾之老家在帽峰山麓。1983 年 3 月 12 日，吾与内子新婚第五天，即相携从山脚步行登上帽峰山顶。是日山上大雾弥漫，数米之外即难辨人影。登顶途中，在山腰的西洞小憩，洞口一剪寒梅傲然怒放，让人印象深刻。此次重游，感慨万千。

重上帽峰思万千，梦回三十四年前。
多情春雾缘谁绕，惊艳寒梅为我妍。
羊祜殿中寻旧迹，灵峰庵里敬香烟。
悠悠往事漫吟处，裁片闲云作锦笺。

浣溪沙·随诗词提升班学员赴长亭采风

似火骄阳似火情，寻章觅韵向长亭。
山光水色画中行。

白鹭翩翩衔翠碧，风荷袅袅竞娉婷。
喜看新燕觉云轻。

浣溪沙·塘孔古村

古井古塘古树群，小溪小路小山村。
山村对面是松门。

石屋悠悠藏岁月，阳光静静透修筠。
乡愁淡淡醉吟魂。

（注：松门，指宁海王爱山岗的松门岭，徐霞客曾两度游历此处。）

德清下渚湖湿地公园口占

烟水迷蒙处，悠悠下渚湖。
拂衣秋苇老，触目晚荷枯。
笑语喧鹦岛，轻舟逐野凫。
今宵幽梦里，能有角菱无？

安吉江南天池

半被云封半倚山，瑶池何日落江南。
天荒坪里悠悠水，造福人间年复年。

鹧鸪天·秋访余村

暖暖阳光淡淡云，深秋时节访余村。
青山三面竹成海，碧水一溪绿到门。
循鸟语，觅花魂，文明生态醉游人。
两山理论发源处，遍地黄金遍地银。

（注：安吉县天荒坪镇余村，是"绿水青山就是金山银山"理念的发源地，现被开发成了旅游景点。）

寒山寺怀古
——步超英兄元玉奉和

千古钟声千古船，寒山寺里觅前缘。
江枫桥下长流水，可见张郎哪日还？

南浔古镇

墨韵书香嘉业堂，风荷月色小莲庄。
一声欸乃秋光里，怎不教人醉水乡。

浣溪沙·梅枝田古村落

耕读传家七百年，漫看沧海变桑田。
古樟老宅总缠绵。

毓秀钟灵山捧月，风生水起海衔天。
梅枝今又谱新篇。

咏苏州留园冠云峰

冠云峰峙石玲珑，寂寂林泉禅意浓。
谁说留园居闹市，分明身在万山中。

胡里山炮台感吟

雨雨风风峙百年，曾经一炮锁天南。
如今翘首云涛里，只盼台湾早日还。

（注：厦门胡里山炮台建成于 1896 年，曾号称"八闽门户，天南锁钥"。
其中一尊 28 生克虏伯大钢炮是世界上"现存最大的海岸炮"，2000 年
荣获大世界吉尼斯最佳项目奖。胡里山炮台现为国家级文保单位。）

鼓浪屿荣远堂中国唱片博物馆感吟

鼓浪多灵秀，独钟荣远堂。
珍奇羡稀有，惊艳叹琳琅。
曲里云烟淡，片中日月长。
应知千载后，清响绕雕梁。

为妻鱼骨凤凰造型点赞

六根鱼骨一根丝，便有迷人栩栩姿。
朋友满屏夸手巧，漫看腐朽化神奇。

题百亩洋八景之相见有缘

相见沧桑岭，斜阳正可亲。
山花欲迷眼，涧水自销魂。
野旷风翔鹭，天低庵宿云。
悠悠千古意，谁是有缘人。

嫦娥叹

——中秋雅集拈得"遥"字

婆娑桂影慰清寥，云作霓裳风作箫。
纵使吴刚能解语，家山毕竟路遥遥。

题瓶中蜡梅

院子又见蜡梅开。每年此时，妻总会剪取几枝插向花瓶欣赏。

沐雨经霜未染尘，幽香微吐自清新。
年年邀向瓶中住，总为心头那片春。

问绿菊

纯洁雍容白与红，缘何偏作翠玲珑？
莫非绿蚁新醅酒，陶令邀君盅复盅？

步韵和陈洪勋吟长兼呈晓邦师

戛玉敲金春复秋，行舟逆水砥中流。
从容吟得期颐日，笑把夕阳当酒筹。

贺《同乐园》创刊

梅赠春华韵满天，书藏文脉古今传。
緱乡但得千秋后，犹忆当年同乐园。

配图诗二首

银装

山村冬日亦清嘉，米酒乡愁暖几家。
知是茫茫能醉客，春风一夜遍梨花。

守望

朝朝暮暮守高台，半是温情半怨哀。
春去夏归秋亦尽，何时盼得故人来。

戊戌小唱

致敬"最美摆渡人"张翎飞老师

汽笛哀哀心自寒，王家渡口浪滔天。
一行学子低头立，手捧白花泪涟涟。
渡轮曾登多少回，回回都伴张翎飞。
船上欣欣村口乐，暮云初合手频挥。
如今船在人不见，北风呜咽雨霏霏。

记得二〇〇二年，隔洋塘里起波澜。
学校撤并村民急，孩童上学须坐船。
船行海里三分险，谁为幼苗保安全？
"我做护航摆渡人"，翎飞一诺值千金。
船来船往寒还暑，花谢花开十五春。
风霜雨雪护航路，从未偷闲少半步！
说是平凡最平凡，道是简单不简单。
曾经台汛斗风雨，辗转象山护学生；
曾经深秋搏海浪，捞起新鞋慰学生；
曾经父亡万事急，依然不忘送学生。
纵使癌症换肝去，坚持送完学生再启程！
为人师表重师德，师德之魂是爱心。
尽心尽责献大爱，堪作学子人生"摆渡人"。

噫吁嚱！

人间自有真情在，大爱无疆写春秋。
上善之德万钧力，翎飞事迹动神州。
数九严寒纷纷雪，猴乡处处涌暖流。
爱心欣见接力棒，春风化雨百花稠。
不忘初心为圆梦，美丽崛起上层楼！

闻昆儿博士毕业并入职脸书公司

昨晚天边满眼霞，今晨喜鹊叫喳喳。
脸书合约欣欣至，博士新袍款款加。
面壁寒窗终有果，扬帆沧海信无涯。
凝望妻子笑难忍，犹自偷偷擦泪花。

《闲云集》付梓感怀，兼谢诸师友
（次韵汪超英先生）

帽峰每见白云闲，如画猴乡自在观。
借得春风裁锦绣，舀来秋水润斑斓。
捻须总为耽佳句，击节无非赏雅篇。
万紫千红今又是，共擎一帜尽诗缘。

厦门行（八首）

（一）临行

欲之鹭岛聚天伦，愁煞猴城好母亲。
大袋小箱都塞满，儿孙惟恐是饥民。

（二）对诗

孙儿接站出招奇，拉住爷爷忙对诗。
陋室铭连渭城曲，多亏未唱木兰辞。

（三）参观鼓浪屿听涛轩钢琴博物馆有作

菽庄春里意，鼓浪日边潮。
入眼琴皆古，倾情品自高。
分明蕴流水，隐约起狂飙。
海阔天空处，何时再听涛？

（四）观音山沙滩观墨鱼造型风筝随想

风满观音鸢满滩，鹰飞燕舞蝶翩翩。
若非暗处牵云手，乌贼如何能上天？

（五）鼓浪屿日光岩观日出

晓雾何曾退，东方次第红。
一轮嫌冉冉，半岛喜曈曈。
断续隔江笛，殷勤鼓浪风。
烟波渺茫处，犹忆郑成功。

（六）凌霄花

日照多明艳，风来便折腰。
全凭栅栏起，何苦诩凌霄。

（七）桉树

朝伴云霞暮伴烟，三年五载可擎天。
不同松柏争梁柱，化作纸浆心坦然。

（八）浣溪沙·谒陈嘉庚先生故居

绿瓦白墙别有情，东风寂寂步轻轻。

名言旧物诉声声。

民族光辉犹炽烈，华侨旗帜自高擎。

浪花千载颂先生。

（注：毛泽东主席曾为陈嘉庚先生题词："华侨旗帜，民族光辉。"）

无诗莫入石门坑（小辘轳）

腊八那天，一行诗友凡十余人，赴位于大佳何镇石门坑的种福寺吃腊八粥祈福。行间，超英兄提出，以"无诗莫入石门坑"为诗骨吟诗填词，故有此小辘轳。

无诗莫入石门坑，秀水清山别样情。
望里寒烟时隐现，雨中钟磬两三声。

醉美乡村画里行，无诗莫入石门坑。
但随流水漫吟处，古刹庄严可听经。

寺名种福断无明，腊八随缘心愈诚。
有粥真能慧根启，无诗莫入石门坑。

赵家珍"家乡行"古琴音乐会观感

缑乡三月自缤纷，古韵新声愈醉人。
流水声声访高士，胡笳拍拍怨边尘。
梅花三弄春风曲，鸿雁频歌湘水云。
难忘今宵情缕缕，满城争说赵家珍。

桑洲南山赏油菜花

正宜二月纵诗心，便向南山花海吟。
此处山民真好客，春风十里送黄金。

赏庭前牡丹花口占

锦缎绮罗谁剪裁，姚黄魏紫费疑猜。
人前未肯天香诩，只向春风自在开。

浣溪沙·晓本书院雅集

清茗氤氲香染襟，山村小院韵深深。
幽幽蕉叶对箫吟。

三叠阳关酬故友，一泓流水诉知音。
依依明月玉壶心。

美丽宁海湾之横山三题

（一）有感于镇福庵古芙蓉枯而复荣

镇福庵前有棵七百多年的古芙蓉，"文革"期间一度枯死，后竟于1998年奇迹般复活。

> 暮鼓晨钟七百年，芙蓉难道也知禅？
> 荣于盛世枯于劫，但愿从今花欲燃。

（二）横山岛五七学校旧址随想

> 潮声尝伴读书声，海阔天高意纵横。
> 学子应知归白发，门楼默默诉曾经。

（三）海钓者

> 一蓑烟雨远嚣尘，便向横山安此身。
> 游客海鸥浑不管，逍遥最羡钓鱼人。

美国行吟（七首）

（一）乘船游尼亚加拉大瀑布

漫天珠玉气如虹，卷地惊雷耳欲聋。
若是悟空须一跃，水帘洞下是龙宫？

（二）参观纽约世贸中心

曾经双塔接天高，爆炸声中满目焦。
崛起新楼痛犹在，至今怕说九幺幺。

（三）打结的手枪

联合国总部花园内有一尊雕塑，主结构是一把手枪，但枪管塑成"8"字形，被命名为《打结的手枪》，寓意"反对战争，禁止杀戮"。

橄榄枝头花可香？手枪打结意深长。
寰球何日春风满，只见花枝不见枪。

（四）日落时分遥望帝国大厦

纽约帝国大厦竣工于 1931 年，高 443.7 米，曾雄居世界超高建筑榜首 41 年。

> 擎云唤雨自巍巍，睥睨长天更有谁？
> 纵使风光今不再，犹然落日带余晖。

（五）在美参观各大艺术馆有感

在美国期间，先后参观了芝加哥艺术博物馆、纽约现代艺术博物馆、美国国家艺术馆等。馆藏名作多为他国名家而非美国艺术家的作品，感而吟之。

> 艺无国界倩谁知？满目琳琅尽大师。
> 除却沈周唐伯虎，尚余莫奈达芬奇。

（六）在华盛顿爸爸餐厅过父亲节

> 他乡过节乐天伦，爸爸餐厅敬父亲。
> 冰酒一杯心愈暖，烛光三豆意尤真。

当年珍馐缘诗句，来日含饴弄凤麟。

宴罢捧回花一束，戏言寸草报三春。

（注：当年句，指 2016 年的父亲节，儿子、儿媳精心准备了一顿晚餐，菜肴均以吾之诗句命名，殊为感动。）

（七）迈阿密沙滩遇雨

风和浪轻涌，云起忽倾盆。

难道西洋雨，也欺中国人？

晚高峰遇雨堵车偶感

堵车雨里一时难，争道抢灯图哪般？
欲速应知常不达，离家最近是平安。

偶遇宁铂

散步村头向晚风，讵知迎面遇神童。
青春早掩僧衣里，睿智犹存眉宇中。
偶像曾经辉日月，雄鹰不复傲苍穹。
无常世事凭谁说，云海滔滔一望空。

浣溪沙·中秋廊桥赏月诗会

玉宇琼楼何处边，廊桥明月正团栾。
中秋雅集喜空前。

诗令飞时盈笑语，霓裳舞处羡婵娟。
问君今夜可无眠。

悼科学巨星霍金

满屏忍把噩闻传，绝代英魂上九天。
莫是亲身探宇宙？便将轮椅作飞船。

随孙儿组装天文望远镜

欲将老朽比童真，镜筒螺钉倍可亲。
最是孙儿心性急，忙从霾里觅星辰。

露天坪雅集

风来秋正好，相约露天坪。
山共浮云秀，海随望眼清。
论诗清趣足，留影倩姿萌。
一任村醪醉，浑忘夕照明。

跃龙诗人赞（二十首）

（一）张晓邦（驽马）

当年意气总成诗，便向吟坛举大旗。
以社为家家亦社，痴痴相守到期颐。

（二）叶显瑾

慈颜瘦骨发苍苍，诗意人生放眼量。
唱罢清吟四千曲，信知齿颊有蔬香。

（注：叶显瑾先生著有《蔬香楼诗存》及续集。）

（三）戴霖军（帽峰闲云）

一片诗心醉晚曛，四时风物咏缤纷。
西畦瓜菜东篱菊，闲向清波钓白云。

（四）汪超英（又一村）

吟旌接过向天扬，浦水缑山绘锦章。
六进繁花三亮果，吾乡自此是诗乡。

（注：六进指诗词进学校、进机关、进社区、进农村、进企业、进景区。
三亮指亮出诗社、亮出诗人、亮出诗作。）

（五）黄稀

学笔古稀偏入魔，真情妙语满诗箩。
一从世事吟哦罢，便向天庭唱俚歌。

（六）王肖天（竹人）

只问苍生不问仙，竹林风骨薄云天。
诗人已作天堂鸟，犹自悲歌绕鹿山。

（注：王肖天先生曾与王跃于先生合作，以当地"一鸡两命"事件为题
材，写出长篇叙事诗《鹿山悲歌》。）

（七）叶柱（盖苍山人）

李自芬芳桃自红，诗心清骨晋唐风。
耕耘未许桑榆晚，爱看盖苍不老松。

（八）陈兴汉（杨溪客）

日日诗怀对酒斟，敢教耄耋秉童心。
杨溪流水杨溪客，一路清歌唱到今。

（九）应可军（静江轩）

起社龙山列五贤，古今说事静江轩。
何妨椽笔作藜杖，再谱人生无悔篇。

（十）王兆昂

军踪韵草意如何，坐爱晚晴须放歌。
老骥犹存千里志，魂牵家国不蹉跎。

（注：王兆昂先生系军队离休干部，著有诗词集《军踪韵草》《晚晴
放歌》。）

（十一）胡积飞（一羽）

仰天啸傲苏辛骨，恬淡清新王谢风。
漫看诗声龙跃起，十年版主数头功。

（十二）傅中兴（龙山人）

谁见农民称秀才，诗书联画用心裁。
人生但得一杯酒，自有豪情天上来。

（十三）李晖（柴门）

每向吟田耕复耘，如珠捣练足缤纷。
倾情诗教无声雨，漫润枝头花果欣。

（十四）胡家镇（长亭野老）

平生所好倩谁知，弦上童心酒里诗。
厚德高风育桃李，斜阳老树果盈枝。

（注：胡家镇先生著有诗词集《老树》《斜阳》。）

（十五）金胜军（溪边草）

丽句雅章勤琢磨，低吟高唱合时歌。
东风轻拂溪边草，心底微澜笔底波。

（十六）邬雪华（方池映月）

山为钟鼓水为琴，含玉噙香对月吟。
雅韵篇篇何所似，盈盈蕙质共兰心。

（十七）石世伦（石不烂）

从来绝句最难工，版主年年佳作丰。
若问宝刀谁不老，猴乡且看石诗翁。

（注：石世伦先生曾任中华诗词论坛绝句版版主。）

（十八）王美蓉（静练）

乘除加减卅余年，诗思谁知似涌泉。
静好时光漫拾取，鹧鸪声里唱春天。

（注：王美蓉老师因擅写《鹧鸪天》而获雅号"王鹧鸪"。）

（十九）叶忠茂（一叶轻舟）

诗海轻舟自有津，徜徉词苑景弥新。
草根蓬勃和风里，遍野漫山总是春。

（注：草根，指叶忠茂先生领衔创建的宁海农商行"草根诗协"。）

（二十）周卫平

寻章琢句月迟迟，结社白溪情更痴。
最是乡间清趣足，一杯新茗几行诗。

己亥杂诗

团圆年夜饭

除夕团圆易也难，上回已是八年前。
玉厄频碰真交响，奏出天伦欢乐篇。

学书

打鱼晒网两由之，圣教兰亭寒食诗。
争奈流光逝如水，墨痕未改旧时姿。

月夜溪边听二胡曲《江河水》

谁遣心泉弦上流，清溪摇动月悠悠。
无端一曲江河水，淌满人间多少愁。

手机

玲珑纤巧更何求，轻滑指尖万象收。
方寸敢嘲天下小，逢君哪得不低头。

拗山笋

昨宵春雨涨池塘，今早山珍半竹筐。
长忆儿时偷笋事，当年只为饱饥肠。

题竹刻小品《事事如意图》

竹刻留青两寸长，经年把玩起包浆。
岂求事事能如意，但得清心乐未央。

国乒世锦赛包揽五金随感

囊括五金真伟哉，乒坛笑傲几回回。
何时男足也雄起，含泪高歌领奖台。

题雨后芍药

粉白嫣红不染尘，绿纱半掩泪痕新。
纵然无计留春住，幸有玫瑰作近邻。

为月季捉虫戏占（新声韵）

谁家可恶小馋虫，咬我中庭月月红。
堪笑蝴蝶真好色，从生到死恋花丛。

睹山道绿化怪象有感

山道青青景自妍，栽花铺草为哪般？
谁知抹粉涂脂处，都是人民血汗钱。

过早种花生终未见苗

为求早日品花生，未及春分陇上耕。
谁料月余苗不见，老农闻说笑连声。

又见劳动节前为赴杭受表彰劳模送行

恳谈合影自匆匆，耀眼皆因绶带红。
总在年年春尽处，一声劳动最光荣。

书梦中得联

春风初暖春犁醒，秋月微凉秋谷香。
得句梦中君信否？涂鸦聊以忆黄粱。

与老伴互祝青年节快乐

祝福声声击掌间，节逢五四碧云天。
但存一片童心在，纵使期颐也少年。

怀友邻

记得去时秋正佳，如何春尽不还家。
园中月季开无主，枝上黄鹂守晚霞。

立夏忆儿时斗蛋

立夏家家茶蛋香，又牵往事上心房。
那年尤觉春风暖，我是全班斗蛋王。

采桑葚

暮春底事味尤滋，结伴桑园采葚时。
相视老妻笑难忍，唇间指上尽胭脂。

有感于孙儿迷上中国诗词大会

因为古诗词考试以半分之差屈居第二，小学二年级的孙儿迷上了中国诗词大会。

道是半分休在乎，却迷诗海探明珠。
人生进退寻常事，只要心头不服输。

有感于爱迪生母亲的谎言（新声韵）

母亲一句谎言，智障儿童变身天才，爱迪生的故事让人感慨万千。

谁作栋梁谁作藩，得瓜得豆岂无源？
天才智障凭只语，世上何妨多谎言。

席间跟孙儿学闽南语

闽南鸟语动诗魂，叽里呱啦仿爱孙。
莫若天书尚能读，十行未满饭三喷。

"五九"批示五十六周年怀应四官书记

五十六年弹指间，山乡春意正阑珊。
干群鱼水今安在，村叟犹叹应四官。

公园观棋

总向公园那一隅，楚河汉界战何如。
观棋不语真君子，扶弱锄强亦丈夫。

国际护士节感吟

艺自精娴情自浓，白衣袅袅满春风。
醉心轻履细言处，救死扶伤岁岁功。

我驻南联盟大使馆被炸二十周年祭偶题

谁家使馆有硝烟，奇耻魂牵二十年。
何日能圆中国梦，炎黄不再恨绵绵。

母亲节念母

满屏祝福念深深，一瓣心香敬母亲。
但愿天堂无歧路，车来车往莫惊心。

致友人

岁愈陈时酒愈醇，锦章玉句自经纶。
但知春意阑珊处，别有几分苦与辛。

闻防灾警报忆汶川大地震

地裂山崩霎那间，亡魂挤破九重天。
年年此日声声笛，犹寄哀思向汶川。

逛古玩城

青铜玉石几千年，书画陶瓷似有缘。
莫向囊中探羞涩，但邀清逸入吟笺。

"五一六通知"发表五十三周年感吟

一纸通知狂复癫，痛心不欲话当年。
前车之鉴凭谁记，圆梦尤须朗朗天。

戏题夏牛乔

参观厦门红点设计博物馆，获红点设计大奖的作品中有苹果包装品牌"夏牛乔"，寓意夏娃、牛顿、乔布斯"三个苹果改变世界"。见之，不禁为其创意倾倒，戏题之。

心裁别出自高标，一睹谁能不折腰。
若得他年营果圃，满园皆种夏牛乔。

父亲节收靠枕

梅季腰疼尤可怜，飞来靠枕暖心田。
分明儿女天涯外，却似时时绕膝边。

月夜闻箫曲《绿野仙踪》

嫦娥属意送溶溶，如缕箫声逐晚风。
自在我心向明月，谁人绿野觅仙踪。

百日菊

莫道花无百日红，晴光摇曳醉吟瞳。
妖娆未必真情少，恒久何妨风雨中。

观变色龙有感

淡妆眨眼又浓妆，低蹿高攀顾自忙。
沐得春风忘暑至，世间谁与论炎凉。

刺猬叹

蜷息蜗行待蚁蝼，守过田野守溪头。
若非长为平安计，谁愿时时装栗球。

冬虫夏草

半世寄生终可哀，草虫虫草费疑猜。
一朝捧向云端里，忘却身从何处来。

参加孙儿学校家长开放日活动感怀

教室操场入眼新，校园重至倍相亲。
流年若有返回键，真想再当红领巾。

海军建军七十周年阅兵式观感

战机呼啸舰昂然，青剑凝霜弓满弦。
但有雄师壮如许，不教甲午起狼烟。

又闻中美贸易战升级

秋冬烽火夏硝烟，霸道欺凌年复年。
寰宇何时绝疯子，桃花源里可耕田？

悼贝聿铭先生

丰碑座座誉全球，精彩人生写未休。
道是凡尘留不住，天堂也要建名楼。

古村落之殇

残垣空院老墙门，耕读渔樵惟旧痕。
旦夕云烟村作古，后人何处觅乡魂。

题《插秧图》

仰头俯首尽云天，后退前行一念间。
插得青秧画图里，蛙声一片听丰年。

梦园之梦

　　江南名园梦园，原位于宁海县城八角楼巷，是一处仿苏州园林建筑。内有临仙阁、掬月亭、延秋洞、漱玉桥、听雨楼等二十余处景点。后历经战乱、"文革"等劫难，其遗迹于十年前被夷为平地。惜哉！

小亭掬月洞延秋，漱玉桥边听雨楼。
留得当年梦园在，游人何必到苏州。

诗和远方

迎罢朝阳送夕阳，为谁辛苦为谁忙。
但求留得诗心在，苟且前头是远方。

有感于华为海思宣布"备胎"转正（新声韵）

极限生存夹缝中，强食弱肉古今同。
绸缪未雨行方远，沧海横流气自雄。

见家乡第十七届徐霞客开游节活动图片感吟

当年初作此筹谋，倏忽韶华十七秋。
遥念家乡潮涌处，山光人意又开游。

感友人千里寄枇杷

桃花潭水我心知，岂止枇杷三两枝。
路远山高无所寄，报君唯有几行诗。

题墙上蔷薇

浅白深红曼妙姿，倚墙顾盼诱人痴。
一朝雨打风吹去，荆棘满身知不知？

氢气球

皮囊薄薄扮妖娆，红绿青黄着意描。
敢问腹中何所有，凭风直欲入云霄。

溪畔晨读

鸟鸣牵出满天霞，缕缕清风谁愿赊。
溪畔小亭凭占取，子衿读罢读蒹葭。

弈棋随感

黑白分明绝隐情，一人一手足公平。
何时世事也如此，渭是渭兮泾是泾。

新竹

蓬勃向天唯恐迟，敢教老竹压身姿。
人生代代无穷已，但愿皆如新竹枝。

题友人《港湾夕照图》

谁泼红霞向港湾，更挥椽笔染家山。
几行白鹭知何去，一叶轻舟画里闲。

写在世界无烟日

将世界无烟日从 4 月 7 日挪至儿童节的前一天，用心良苦！

吞云吐雾几千年，多少健康多少钱。
今日无烟用心苦，幼苗蓬勃在明天。

接老师来电偶书

声声教诲自谆谆，语带沧桑分外亲。
蓬荜何当茶作酒，高山大海话精神。

高考忆旧

龙门鱼跃正端阳，高粽声声分外忙。
遥记当年高考日，凌晨犹在闹新房。

（注：高粽，谐音高中。）

挽百年海棠

见惯百年风雨多，繁花岁岁满枝柯。
不知魂断归何处，叹息声声作挽歌。

爬山虎

难为杠杆难为梁，攀缘处处占风光。
爬山若是皆成虎，累坏当年武二郎。

酷暑访剡溪

下车伊始汗如滋，蝉噪声声怨剡溪。
知否前朝烟雨里，一江雅事一江诗。

谒王羲之故居

天边缕缕火烧云，送我金庭谒右军。
归去临池知更苦，不求入木也三分。

越剧探源

地角田头口口传，走村串巷小歌班。
一朝沪上莺啼起，风靡神州年复年。

听股民聊天戏占

痴心牛市总无望，阳线何如阴线长。
股海深深深几许，劝君莫问太平洋。

木工工具系列（八首）

（一）刨子

木作江湖自纵横，天生耿直骨铮铮。
随身长有青锋在，乐为人间铲不平。

（二）锯子

辱没公输一世名，伶牙俐齿巧嘤嘤。
居心离间真能事，扯扯拉拉终此生。

（三）斧子

阔口方头英武姿，丁丁对木苦吟诗。
如何借得吴刚手，好向蟾宫斫桂枝。

（四）墨斗

黑黑头颅瘦瘦身，雕龙画虎见精神。
世人问我墨多少，纬地经天线一根。

（五）凿子

不辞榫卯作先行，口快无端累一生。
总在连番敲打后，功过方许看澄明。

（六）角尺

休看一纵复一横，尺长寸短自分明。
世间抛得此君去，曲直是非谁与评。

（七）木锉刀

一身疙瘩欲何求，砥砺前行莫踟蹰。
无问清风无问雨，磨平棱角事方休。

（八）牵钻

无耻无羞脑袋尖，回旋全仗一绳牵。
诸君莫笑钻营苦，毁誉无非过眼烟。

小精灵系列（九首）

（一）窗外小鸟

枝头小鸟不知名，时向晴窗三两声。
若得凤翎解人语，邀君对茗论诗情。

（二）蚊子

羽裳长腿细蜂腰，昏晓殷勤慰寂寥。
不弃不离哼小曲，半明半暗送红包。

（三）蜗牛

柔肩偏敢负昆仑，踽踽未辞晨与昏。
腹足犹怀千里志，纵然踏石也留痕。

（四）天牛

道是牛从天上来，祸桑祸柳祸松材。
他年押向凌霄殿，冷看玉皇怎定裁。

（五）屎壳郎

奋叉披甲气轩昂，田野草原清道忙。
推粪终生未嫌臭，世人见了尽呼郎。

（六）七星瓢虫

纵横天下满经纶，北斗七星背在身。
蚜阵虱群如卷席，丰登五谷一功臣。

（七）蜈蚣

百足生来旷世雄，铁头双剑号天龙。
谁言五毒君居首，造福分明本草中。

（八）米象

寒在缝中温在仓，生来只为啮嘉粮。
身如米小也称象，吾等何须笑夜郎。

（九）叩头虫

铁甲披身意气稠，春畦夏垄自优游。
平生从未愁温饱，何必逢人总叩头。

日本行吟一组（五首）

（一）睡梦中抵大阪关西机场

晕车犹恐复晕机，缥缈空中谁可依。
辜负舷窗多少景，惶然一梦到关西。

（二）感京都民宿之低矮

矮檐之下欲何求，两次转身三碰头。
恨不梦中归故里，白云片片拥高楼。

（三）晨望富士山终未见

痴守窗前为哪般？晨岚读过读渔船。
湖山读罢千千阙，富士仍藏云那边。

（四）东京新宿地铁站迷路

南北东西云雾间，分明转过复回还。
红尘滚滚无多路，出口何须设几千。

（五）俯瞰涩谷大交叉口人流

东京涩谷大交叉口号称世界上最繁忙的交叉路口，绿灯时平均每分钟通行 3000 人。

凝神只盼绿灯明，刹那过江千鲫行。
但问北来南往客，何时方得忘营营。

秋旱逢雨

谁怜溪水断流无？未至深秋草色枯。
昨夜南窗听丝雨，清晨菜圃数珍珠。

老乡邀约

雨余睡起正彷徨，群里隔空呼老乡。
见面原知亦无事，品茶抵酒话家常。

欣闻我县获全国"全域旅游示范区"称号

羡仙须向白云间，踏浪何妨蓝海湾。
借问桃源何处是，缑乡绿水绕青山。

咏刀豆

饮露餐风日日高，殷殷花满绿丝绦。
缘何难解心头结，为豆竟然须带刀。

为山村银幕架一叹

倚靠残垣度日艰，嶙峋瘦骨锈斑斑。
再披银幕成奢望，不记前回是哪年。

庭院南枝惊现硕大马蜂窝

纷纷扰扰起南柯，欺我老翁徒奈何。
岁月承平头等事，倩谁可捅马蜂窝？

又闻磨刀吆喝声

初向红灯记里闻，一声吆喝满乾坤。
菜刀剪子撩人处，每每拂开心底尘。

雨伞

收拢无心春与秋，打开一任水长流。
若非着意遮风雨，试问凭谁举过头？

讲台之树赞

有位小学名师说:"我愿在三尺讲台旁,站成一棵树,和孩子们一起生而向上。"感而赞之。

谁洒爱心暖课堂,春风春雨共春阳。
讲台三尺站成树,笑伴新苗向栋梁。

见孙儿编程挑战赛获奖证书偶题

上月,孙儿在华中师范大学儿童编程创新中心举办的编程挑战赛中获二等奖,诗以记之。

证书乍见涌曾经,赢取当年亦九龄。
吾辈无非文与字,孙儿奖项是编程。

行道树

默默无言守道旁,站成风景站成墙。
纵然蒙尽尘和土,不改初心向太阳。

农民丰收节寻稻浪不遇

金秋几度向山乡，稻浪多情摇夕阳。
见说丰收寻旧景，路西荒草路东房。

咏桂花

叶满繁枝花满襟，馨香一片是冰心。
纵然风雨连番后，依旧从容一地金。

题观赏辣椒

赤橙黄紫笑秋光，不负山翁半载忙。
未肯盘中消箸底，缤纷诗意缀南窗。

题友人《蒿草竹排图》

竹排淹滞满蒿莱，飘荡波心究可哀。
安得渔家一篙举，金鳞重待晓光开。

采桂花

几缕芬馨未敢遮，一篮金粒竞豪奢。
世间多少清香事，不及秋山采桂花。

有感于友人重阳挤景区

欲寻郁郁苍苍景，放眼熙熙攘攘人。
何处可亲陶令菊，清风缕缕涤心尘。

九月见桃花

款款东风未肯赊，山乡九月绽桃花。
莫非来岁春寒久，先向今秋争晚霞。

题友人《枯荷图》

曾经翠盖满东湖，剪破西风墨色殊。
知是明春须再发，奈何秋雨不成珠。

海头村赏菊

菊绽海头丛复丛，白红紫绿染西风。
稚童未解黄花瘦，径自垄间追蜜蜂。

"双十一"随想

年年商海弄狂涛，诱向泥沙将宝淘。
莫问今宵谁剁手，数钱明早看天猫。

慕名品尝"太二"酸菜鱼偶感

茶香菜美店名殊，鹭岛街头总耳濡。
排队半天真太二，无非酸菜配鲈鱼。

清秋

雁去衡阳未肯还，可怜暮色笼寒山。
清秋织就愁情绪，挂向云端月正弯。

白鹭洲公园口占

繁花未觉近冬初，白鹭时移江景图。
榕树如今也装酷，凭空扯出恁多须。

瞻仰古田会议会址感吟

弹指一挥九十年，星星之火早燎原。
风云变幻寻常事，但得心中有古田。

上金谷之秋

秋谷听箫秋水琴，祥云属意绕瑶林。
丹枫染出漫山福，霜菊招来遍地金。

上金谷之冬

冬来金谷愈精神，酿得风光似酒醇。
慷慨银铺满园白，凌寒梅孕一枝春。

叹三角梅之不耐寒

五色云霞阆苑来，寒风乍起向尘埃。
几时商得司花女，报与红梅一处开。

题《小鸟与葵花图》

记得当初栖复翔，秋霜冬雪盼春光。
如今幸与葵花住，一片丹心总向阳。

题《小鸟与荷花图》

花落花开别有情，不妖不染自冰清。
凭它秋雨秋风起，相伴相依守一生。

次韵贺一叶轻舟兄催绿园诗稿付梓

轻舟一叶自知津，诗海词江吟迹新。
趁得潮平宜举楫，征帆风满正逢春。

浣溪沙·回家过年

箱满亲情包满缘，不辞海北与天南。
风尘仆仆为过年。

老趣童心鞭炮里，清茶絮语火炉边。
人间至味是团圆。

浣溪沙·缆头村采风

远近方塘海鸟翔，枇杷带露客先尝。
渔村处处是诗章。

自有缆头牵旧梦，岂无征棹启新航。
长风万里向康庄。

天一讲堂听何晓道先生《十里红妆女儿梦》讲座

十里春风拂暖阳，女儿二八正红妆。
几多甜美辛酸事，娓娓道来犹绕梁。

浣溪沙·箬岙古村

守候千年东海滨，宗祠书舍老墙门。
太婆坛里草茵茵。

耕读曾经多雅士，渔樵今日富乡亲。
未来放眼愈缤纷。

（注：太婆坛是一处有数百年历史的人工草坪。）

浣溪沙·夏访东岙

东岙繁华千古情，夏初结伴觅曾经。
翻飞鸥鹭唱新晴。

织女巡梭乘月色，渔郎牧海向黎明。
家家追梦枕涛声。

（注：织女，东岙有宁海第二棉纺织厂。）

孕花牡丹

温馨绿中紫，斜逸两三杈。
满眼萌萌态，分明朵朵花。

久雨初晴偕妻剪红梅

啼啭声声脆，晴光历历新。
欣从红湿处，共剪一枝春。

浣溪沙·清潭古村

环抱群山绿未收，传家诗礼倩谁留。
古村处处是乡愁。

有韵清潭流日月，无言石塔诉春秋。
轻轻烟霭笼田畴。

夏谒方正学先生故乡石刻造像三绝句

（一）

故乡独立满忧思，一任风霜雨雪欺。
北往南来皆碌碌，世人可有读书时。

（二）

读书种子欲何求，相守道旁春复秋。
昂首问天天不语，孰非孰是几时休。

（三）

大海情怀气自雄，高山风骨古今同。
先生故里沧桑事，捷报飞来是彩虹。

"桂语小镇"葛家村掠影（四首）

（一）夜访桂语小镇

扶柳多情月，掀襟惬意风。
山乡漫桂语，绮梦此时同。

（二）仙绒美术馆

儿孙耽翰墨，小女绣花忙。
莫讶新鲜事，农家艺未央。

（三）鸟巢游乐场

竹片围天地，匠心织鸟巢。
棕丝飘逸处，童趣自陶陶。

（四）题"乡村音乐会"群像

后仰前倾别趣多，管弦锣鼓意如何。
四时隐约琴声起，美丽乡村处处歌。

钱岙印象

久慕钱家岙，兴来一了缘。
帽峰岚缈缈，竹水鹭翩翩。
村古绵文脉，地灵多俊贤。
同心描远景，更待启新篇。

回乡吟

昨夜家山梦，近乡情更浓。
帽峰长拱秀，法海又闻钟。
大道通村口，牌楼迎客踪。
门前多宝马，屋后遍花丛。
腰鼓华灯下，布龙霞色中。
欣逢幼时伴，相看白头翁。

退休生涯

退休闲住盖苍陲，自此光阴别样滋。
荷笠但锄春雨软，垂纶每钓白云迟。

墨香琴韵庄生蝶，山月松风摩诘诗。
莫道村旁溪水浅，濯缨濯足总相宜。

国庆阅兵式观感

嘹亮军歌猎猎旗，沙场又见点兵时。
铮铮正步腾腾气，闪闪寒光虎虎师。
呼啸雄鹰舞霓彩，倚天长剑指熊罴。
寄言撼树蚍蜉辈，且向东方看醒狮。

贺宁海以琳星星学校开学

笑满琼楼花满廊，一园雨露共阳光。
爱心恰似春风暖，托起星星向远方。

庚子长歌

庚子抗疫歌

君不见己亥之末庚子初，寒雨笼山朔风呼。

君不见瘟神恣意劫屠苏，江城落泪楚山孤。

昊昊长天云骤起，泱泱热土忽萧疏。

九州争说新冠毒，四海皆描抗疫图。

忆起年前三五日，海味山珍万事吉。

只待守岁子斟酒，但等飞花孙绕膝。

除夕清晨临砚池，一联书就自滋滋：

"漫听新雨声声福，闲赏春梅朵朵诗。"

孰料惊雷起江汉，新冠汹涌来天半。

可叹飞沫扮无常，苍生挣扎阎罗殿。

恐慌一夜漫神州，闻"汉"谁人不色变。

万般无奈令禁行，九省通衢变孤城。

可怜黄鹤千秋月，空照珞珈十里樱。

移时赤县尽波澜，疫报满屏不敢看。

激流方显英雄色，风烟起处见南山。

全民动员抗疫疠，黎元生命高于天。

严防死守运帷幄，长缨欲把恶魔缚。

封路封村封城郭，停工停市复停学。

过年禁足心何苦，咫尺亲友天涯阔。

通风唯恐十次少，洗手恨不皮磨薄。

药店黄连一抢空，医生口罩叹无着。
荆楚大地鏖战急，八方慷慨可歌泣。
海北天南一盘棋，中华自有回天力。
一声号令御风征，疫区处处耀红星。
铮铮无愧擎天柱，国难当头忘死生。
他年若要标青史，我是人民子弟兵。
卓尔高风赞杏林，逆行千里救楚荆。
青丝无限留恋意，站台多少别离情。
白衣一袭真天使，莫问浮屠有几层。
风狂风止寻常事，雨暴雨收会有时。
疫魔除尽路非远，国泰民安自可期。
千门万户曈曈日，春风杨柳烟如织。
一瓣心香三鞠躬，告慰逝者长安息。
百般红紫迎天使，丰碑合为医者立。
丢开口罩横铁笛，欲向五洋歌一曲。
拂去羁锁抟扶摇，可上九天揽明月。
痛定思痛究根底，天祸或因人祸起。
天祸何妨问苍天，人祸须从根上弭。
梦醒依然春料峭，山乡犹困忘昏晓。
一片诗心何所从，蓬发褴褛耽温饱。
楚天遥念起嘤鸣，幽幽翻作长歌行。
歌罢低眉无写处，敲窗冷雨共谁听。

闻武汉因疫情封城有寄

佳节祥和处，冬雷举国惊。
天灾叹野味，人祸误苍生。
疫报千钧重，心香一瓣轻。
春阳应有意，何日照江城。

冷雨

天公镇日泪纷纷，寒笼关山欲断魂。
莫道诗家听雨苦？疫区多少未眠人。

宅年叹

疫报满屏心自寒，凄风苦雨好无端。
案头方读书三页，网上又输棋一盘。
咫尺友邻难聚首，天涯游子满萦牵。
何时送得瘟神去，漫向春风烧纸船。

庚子清明日观央视全国性哀悼活动
特别节目偶成

樱花带雨泣荧屏，呜咽笛声谁忍听。
瓣瓣心香同祷祝，黎元无恙国清明。

武汉解封日闻万众欢呼感吟

无端疫疬舞翩跹，七十六天熬复煎。
但听欢呼撼三镇，春光历历满晴川。

宁海古桥系列（二十首）

（一）戊己桥

戊己桥位于胡陈乡西张村，俗称四十八洞桥，系中国最长的柱脚式石桥、浙东古代第一长桥。1998 年获评"甬上十佳名桥"。

朝听渔歌暮听潮，长龙卧海自逍遥。
浙东谁敢风骚领？唯我猴乡戊己桥。

（二）万年桥

万年桥位于黄坛镇榧坑村，是宁波域内海拔最高、跨径最大、最具代表性的大型单孔卵石拱桥。1998 年获评"甬上十佳名桥"。

岭上白云林里烟，彩虹一道挂天边。
醉心溪水叮咚处，静好时光祈万年。

（三）惠德桥

位于长街镇西岙村的惠德桥，系宁波地区极为罕见的保存完好的宋代石拱桥。

> 跃出桃溪月半轮，风霜雨雪守原真。
> 先人惠德凭谁记，一掬乡心千古亲。

（四）归锦桥

归锦桥位于胡陈乡下宅村。桥成之日，适值南宋右丞相叶梦鼎衣锦还乡，遂名。

> 当年归锦正通津，岁月悠悠八百春。
> 丞相不知何处去，石桥依旧待归人。

（五）白峤三桥

作为宁海立县之初的县治所在地，现属跃龙街道的白峤村现存三座古桥，分别是建于宋代的登瀛桥、锁云桥和建于清代的福应桥。

> 福应登瀛共锁云，青藤老树伴晨昏。
> 曾经驻马停车处，知向谁边觅旧痕。

（六）阆风桥

阆风桥位于阆风先生舒岳祥的家乡西店镇岭口村，建于清光绪年间，桥侧有茶亭一座，名"碧云楼"。

垒石成桥跨半空，碧云楼在暮烟中。
村民争说先贤事，古树低头揖阆风。

（七）道士桥

茶院乡道士桥村的道士桥，建于南宋绍兴七年（1137），是宁海现存历史最久远的桥梁，相传系一郑姓道士所筑。

筑桥道士今安在，此地空余道士桥。
铜岭岗头宋时月，犹闻村叟说前朝。

（八）镇宁桥

镇宁桥位于茶院乡庙岭村，建于清同治六年（1867），为二十五孔石砌梁式漫水平桥，系宁波现存第二长石砌古桥。

长风频举鹭鸥轻，川障澜回漫水平。
莫道此间多恶浪，一桥飞镇永安宁。

（九）五洞桥

建于清光绪十五年（1889）的深甽五洞桥，气势恢宏，号称"缑北第一桥"。

桥起桥倾累几遭，先贤众志锁洪涛。
五虹我自横天际，缑北谁争第一桥？

（十）摘星桥

摘星桥位于县南摘星岭下，宋《嘉定赤城志》即有记载。"摘星"二字，每每让人想起李白名句"手可摘星辰"。

青山屏立日将曛，半岭霜枫半岭云。
今夜何妨邀太白，摘星桥上摘星辰。

（十一）宏济桥

宏济桥位于前童妙山村，其精巧号称宁波域内第一。桥西有南宫庙。

拱券灵奇鳌首雄，小桥今古叹玲珑。
行人欲问南宫庙，可是神明护佑功？

（十二）通远桥

通远桥又名西桥、千秋稳镇桥，位于前童镇梁皇村。宋罗适《忆西桥寄昉师》诗中有"劝师莫动路边石，留待东归题好诗"之句。

一桥通远梦东西，古树未遮斑驳姿。
留得当年路边石，谁人挥笔再题诗。

（十三）镇东桥

镇东桥位于西店镇铁江村东，系单孔木廊桥，为浙东罕见。桥廊东西门楣上分别镌有"潮涌澜回""虹垂彩焕"字样。

雄镇村东气自豪，缑乡冠绝此廊桥。
虹垂彩焕晴还雨，潮涌澜回暮复朝。

（十四）复兴桥

始建于清光绪年间的复兴桥，位于深甽村东南，以其双孔结构和巨石平砌拱券，在宁海众多古桥中独树一帜。后虽因 1988 年"730"洪灾而成为残桥，但仍然挺立了数十年，让人难以忘怀。

　　负重百年叹复兴，纵然残缺亦崚嶒。
　　依依抛得家山去，化作梦魂成永恒。

（十五）普济桥

　　建于清同治十三年（1874）的普济桥，位于南溪温泉附近，结构异常精致。

　　小桥默默卧南溪，乱石为身山作基。
　　普济众生百年后，泉边犹自待晨曦。

（十六）迎春桥

　　位于岔路镇大水路村的迎春桥，系宁波域内罕见的单孔石砌三折边拱桥。

　　金秋探古向清川，石砌拱桥三折边。
　　每共大山迎日月，风风雨雨守春天。

（十七）花桥

　　位于前童古镇花桥街上的花桥，虽长不到两米，但桥之元素一应俱全。此桥连同桥旁的"小桥流水"古民居，成为古镇一景。

　　　　精巧谁嫌一步遥？雕栏望柱梦妖娆。
　　　　江南烟雨销魂处，流水人家共小桥。

（十八）圜桥

　　现宁海宾馆原系宁海县城学宫——孔庙之所在。泮池及池上之圜桥，乃孔庙的标配，现仍保存完好。

　　　　遥忆当年过泮池，匆匆行色愧无知。
　　　　而今独立圜桥上，一瓣心香祭圣师。

（十九）桃源桥

　　桃源桥系宋代古桥，原位于县城桃源河上，夹岸多桃花，旧时系县城繁华之地。今河、桥俱废，但地名仍在，乡愁依然。

惯见春风杨柳斜，谁人夹岸种桃花？

当年多少繁华事，皆向云烟认故家。

（二十）南门大桥

县城南门洋溪上曾经先后有过三座南门大桥，即建于1833年的条石平桥、建于1964年而毁于1988年"730"洪灾的轻轨桁架桥和建于1989年而炸毁于2019年12月的钢筋混凝土公路桥。现第四座南门大桥正在建造中。

条石低平轻轨摇，轰隆声里忆难消。

洋溪不语沧桑事，惟愿新桥成古桥。

吟南方花木一组（四首）

（一）火焰树

树欲参天花欲燃，翻飞叶共蝶蹁跹。
浑然忘却濒危事，倾献浓阴不计年。

（二）木棉花

未等叶萌先绽花，明若千灯灿若霞。
纵使落英仍本色，铮铮风骨不须夸。

（三）红千层

殷红谁见叠千层，墙角路边任爱憎。
烈日狂风花照发，秋霜冬雪叶常青。

（四）三角梅

四季妖娆未有涯，篱边水畔即为家。
阿谁撷得芳心去，鹭岛多情作市花。

忆山歌而吟作物一组（四首）

　　吾邑有山歌唱道："菜籽花开像黄金，草子花开满天星，含豆花开九连灯，倭豆花开黑良心。"偶尔忆及，遂分而吟之。

（一）菜籽（油菜）

二月山乡亦可心，风吹原野遍黄金。
顽皮最是蜂和蝶，没入花丛无处寻。

（二）草子（紫云英）

一夜东风放眼青，云英散作满天星。
平生多少深深意，化入春泥不了情。

（三）含豆（豌豆）

蔓绕叶团层复层，琼苞绽处九连灯。
故人遥问尝新日，报与含桃作友朋。

（四）倭豆（蚕豆）

花开谁见黑心肠，紫蝶分明绿玉旁。
漫待春蚕丝满蔟，家家新豆诱人香。

咏玉米（折腰体）

茎叶织成纱帐青，珍珠满腹自晶莹。
不向凡尘争顶戴，位居六谷也簪缨。

过小青村随想

谁遣吟眸见小青，断桥借伞醉曾经。
莫非厌看西湖水，未若乡间别有情？

题《落花图》

曾经红紫共橙黄，今日谁怜满地殇。
莫怨东风浑不管，落花未扫为留香。

渐行渐远老行当（十六首）

（一）修钟表

盘整游丝拨指针，眼睁眼闭慧由心。
等闲纠得时光误，惟愿从兹惜寸阴。

（二）修鞋

打锉涂胶顾自忙，一针一线补沧桑。
谁知坎坷人生路，征履须磨多少双。

（三）锔碗

钻孔铆钉如绣花，陶瓷缝里觅生涯。
囊中若有五色石，天缺何须劳女娲。

（四）弹棉花

冰弦三尺月初开，飞絮漫天去复回。
滚滚雷声锤下起，融融暖意雪中来。

（五）穿棕绷

谁把棕丝作紫缨，一经一纬织人生。
宜追今古梦魂远，可听晨昏心语轻。

（六）裁缝

短针长线缀缤纷，刀剪时裁五彩云。
但使尘寰春色满，为人作嫁亦欣欣。

（七）锻磨

万凿千锤斫月轮，一沟一坎自乾坤。
悠悠磨得时光碎，便向尘封觅旧痕。

（八）补纱筛

行处叮叮客早知，一条一缕补纱筛。
艺高何惧多心眼，只盼今天日落迟。

（九）钉秤

采得银河几颗星，半斤八两钉分明。
但持一片公心在，好与芸芸弭不平。

（十）拗面

和面无非水几瓢，风中旋见万千条。
小儿未解其中诀，机后机前细细瞧。

（十一）胶糖

熬热饴糖熬热心，芝麻冬米浴甘霖。
欣然分得两三块，便自儿时甜到今。

（十二）爆米胖

信手轻摇火上车，化升为斗不须嗟。
莫愁求变无良策，记否当年爆米花。

（十三）箍桶

长条短板一箍收，付与千门和万楼。
装过炊烟装过梦，如今满满是乡愁。

（十四）漆漆

黄绿青蓝紫赤橙，欲将七彩绘人生。
云烟偏是无情物，明丽光鲜能几庚。

（十五）篾作

玉筐编出稻粱盈，冰簟织成云梦轻。
了却风篁纷扰事，有模有样过余生。

（十六）卖货郎

轻摇拨浪走千村，线脑针头换饱温。
风雨一肩行未远，那边快递又敲门。

悼陈兴汉吟长三绝句

（一）

十七年前初识君，龙山花雨正缤纷。
清吟一阕江南好，字里行间总是春。

（二）

曾随杜宇动春犁，竹篾编成创业梯。
岁月如歌情似酒，晚霞片片唱杨溪。

（三）

花间闲酌酒三盅，书画琴棋四艺通。
今日骑鲸何处去，天庭自在一诗翁。

金缕曲·贺胡积飞先生梦飞诗联梓行

腹内知多少?

一挥间、洋洋洒洒,短歌长调。

山水乡愁亲友谊,世事嗟叹嬉笑。

章句里、深谙堂奥。

诗箧盈盈三千唱,恰云天浩瀚繁星皎。

吟诵处、振衣蹈。

十年版主耽昏晓。

倩谁评、几多心血,一时骄傲。

更引青葱探唐宋,人羡初心不老。

君道是、平生襟抱。

约得期颐书与酒,算诗舟泛处烟波淼。

风正起,仰天啸。

莺啼序·跃龙诗社四十周年致敬驽马师
(次韵梦窗《春晚感怀》)

清笺几铺几拢,任秋风叩户。

叹蝉曲、迤迤逦逦,未管屏山云暮。

蓝尾鹊、喳喳唧唧,倏然飞向高低树。

好无端、扰扰诗情，纷纷心絮。

遥想当年，浙东古邑，正冲云破雾。
五贤聚、结社龙山，襟怀分付毫素。
唱渔樵、波光岚气，歌丽日、瑶觞金缕。
一时引、四海吟朋，八方鸥鹭。

痴迷笔底，羞涩囊中，步步真苦旅。
谁似这、以家为社，以社为家，沥血呕心，彩虹风雨。
三更灯火，五更残月，寻章琢句知何趣，
　　印蹄痕、迢递关山渡。
人生无悔，随它潘鬓成霜，征衣多少尘土。

尧天舜日，酥雨和风，润故园桑苎。
喜才俊、倾情接力，更上层楼，雅颂长歌，吟旌高舞。
殷殷"六进"，频频"三亮"，猴山浦水盈诗意，
　　漫相询、谁是中流柱。
一樽还约期颐，铁板铜琶，问君然否？

辛丑心语

鹧鸪天·中国共产党百年华诞感怀（十首）

（一）

华诞百春忆旧年，凭窗一赋鹧鸪天。
黑云滚滚何时尽，暗夜茫茫哪处边？
船静静，浪绵绵，南湖漫漫雨如烟。
铁锤今共镰刀舞，赤县从兹曙色妍。

（二）

遥想当年风雨磐，凭窗二赋鹧鸪天。
阳春上海刀光冷，马日长沙血迹殷。
牙咬碎，泪揩干，南昌拂晓点烽烟。
苍龙当以长缨缚，驱虎终须枪一杆。

（三）

欲向罗霄放眼看，凭窗三赋鹧鸪天。
初心奋起降魔戟，铁血书成惊世篇。
思五井，念三湾，星星之火可燎原。
黄洋界上隆隆炮，恰似春雷动地弦。

（四）

万里长征若等闲，凭窗四赋鹧鸪天。
围追堵截旗尤赤，野菜单衣志越坚。
泸定水，夹金山，漫看飞雪伴硝烟。
难忘吴起秋光里，遍处秧歌锣鼓喧。

（五）

卢沟桥畔起狼烟，凭窗五赋鹧鸪天。
并肩为挽山河碎，出鞘当知剑气寒。
黄土岭，雁门关，百团大战斩凶顽。
红旗举处成城志，一盏明灯窑洞间。

（六）

西柏坡头夜未阑，凭窗六赋鹧鸪天。
步枪小米团团火，虎豹熊罴缕缕烟。
辽沈雪，北平垣，长江千里尽飞船。
大山三座连根拔，收拾金瓯分杏田。

（七）

一唱雄鸡漫晓烟，凭窗七赋鹧鸪天。
国旗冉冉腾云汉，礼炮隆隆震宇寰。
歌激越，舞蹁跹，神州五亿庆新元。
醒狮从此长昂首，放眼巍巍世界巅。

（八）

百废待兴难万般，凭窗八赋鹧鸪天。
板门店了寻常事，北极熊生三九寒。
滩愈险，志弥坚，长风沧海劲帆悬。
一星两弹冲天起，揽月擒龙谈笑还。

（九）

改革风来春满园，凭窗九赋鹧鸪天。
小岗犁奏生机曲，深圳花开锦绣篇。
航母疾，战鹰欢，嫦娥北斗共婵娟。
城乡发展如高铁，物阜民丰大道宽。

（十）

展望未来思万千，凭窗十赋鹧鸪天。
茫茫宇宙神舟渡，小小寰球丝路牵。
莺啭啭，燕翩翩，河山处处似桃源。
复兴路上吟新景，绮梦长歌满锦笺。

茶趣

新芽一撮觉春深，烹得山泉浅浅斟。
抛却纷繁杯外事，炎凉态里看浮沉。

雨中访岭徐古村有寄

岭徐千古意，经雨益清嘉。
春水矜如玉，夭桃羞若霞。
仙居沿岭矗，石径傍云斜。
回望何相似，依稀布达拉。

红都瑞金拾零（四绝句）

（一）向瑞京

高铁风驰向瑞京，儿时旧梦每飘零。
关山迢递何辞苦，只为心中那颗星。

（二）访叶坪"一苏大"会址

一展红旗天地明，宗祠有幸证新生。
摇篮虽小春风满，摇出瑞京更北京。

（三）谒红军烈士纪念塔

松柏无言云霭轻，心香一瓣祭英灵。
依稀主席频挥手，烈士塔前犹阅兵。

（四）观红井有感

一从巨手点龙池，便有甘泉广润之。
掘井初心长记取，复兴路上遍旌旗。

里塘四章

（一）里塘印象

竹海槠林飘绿绡，雪溪自在唱歌谣。
家家面向小康路，户户门连幸福桥。

（二）题母子树

含辛茹苦意拳拳，沐雨栉风年复年。
岁月佝偻终不悔，笑看双子已参天。

（三）有感于里塘、逐步、张辽三村世代友好公约

传家耕读共山川，邻里守望三百年。
一诺而今谱新曲，相携圆梦慰先贤。

（四）永亭桥感忆

里塘有古桥名永亭。《说文解字》："亭，民所安定也。"33年前的"730"洪灾中，桥上重达数千斤之压桥石随同桥面一起被洪水冲走，桥拱则巍然屹立。当年曾随县长到此排查灾情，见之感慨良多。

三十三年一梦轻，永亭桥上忆曾经。
天公应解先贤意，村桥永固民永亭。

访观澜小学怀邬逸民烈士

心灯长伴夜长寒，每向铁江观巨澜。
雷起南乡震吴越，火传西域暖楼兰。
头颅谁悔平生贱，热血君书几寸丹。
告慰英灵一樽酒，春潮涌处梦斑斓。

贺驽马师韵海骋怀梓行

元知平仄苦，偏合一生缘。
举帜吟坛上，骋怀韵海间。
莺啼云树暖，天问楚江寒。
未许诗心老，浑忘第几年。

南浔行吟（三首）

（一）歌南浔名菜绣花锦

携梦向南浔，欣逢绣花锦。
糯软口生津，清香心脾沁。
初嚼卷残云，再尝细细品。
奇哉同一种，易地风味逊。
主人话缘由，西施洗脂粉。

（二）咏双林三桥

南浔双林镇古运河上 360 米范围内竟有 3 座始建于元明时期的石拱桥，现均系国家级文保单位。叹为观止，因记之。

磐石中流柱，晴虹三古桥。
送迎商贾客，吞吐太湖潮。
柔橹摇清梦，疏钟慰寂寥。
哪年明月夜，再听玉人箫。

（三）谒费新我艺术馆

高山长仰止，拜谒叹来迟。
壹志求新我，平生擎艺旗。
左书钦独擅，缘木得双鲵。
伫立低吟处，秋风牵旅衣。

（注：缘木句，费新我先生《八六初度》有云："缘木求鱼，鲵竟两出。"）

吊袁隆平院士

千秋国士叹无双，情系苍生谋稻粱。
此去元知为圆梦，普天禾下好乘凉。

喜雨亭雅集寄备军兄

春风熏小院，花气恁清馨。
赏画星庵阁，论诗喜雨亭。
烹茶温日月，进酒润曾经。
最是阳关曲，依依不忍听。

闲云阁雅集次韵诸诗友（四阕）

（一）自言自语篇
—步超英兄元玉奉和

人生一弹指，真味是清欢。
倚墉时听雨，荷锄每侍园。
盖苍待明月，汶水钓青山。
若得吟朋至，诗心未肯还。

（二）印记篇
—步超英兄元玉奉和

但为思佳客，便邀相见欢。
熏风驱宿雨，彩蝶绕芳园。
新茗香清句，闲云抹远山。
车灯犁暮色，诗篝载春还。

（三）感恩篇
—步忠茂兄元玉奉和

纷披竹园里，寻笋亦寻禅。
祸福非无定，险夷当有源。

莫留半分业，但种一枝莲。

能得今生聚，终须前世缘。

（四）邀约篇
——步雅琴兄元玉奉和

客至闲云阁，蓬门花愈妍。

苔阶听檐雨，松谷赏岚烟。

弱柳春莺啭，熏风吟思牵。

何当常聚首，清茗润流年。

踏莎行·读民国女诗人马映波先生诗词感怀
（敬步先生同调秋宵词元玉）

如许珠玑，几多愁滴，诗情欲向云霄立。

兰心蕙质奈何天，国仇家难徒叹息。

狮醒东方，岂甘沉寂，复兴鼙鼓声声急。

彩毫借取写春秋，清波长映曈曈日。

学生文具杂咏（十首）

（一）文具盒

小刀锋利尺晶莹，铅笔憨憨蜡笔萌。
团聚时闻交响曲，温馨恰似大家庭。

（二）铅笔

生来便是直心肠，一任霜刀裁短长。
埋首素笺描锦绣，履痕身后早成行。

（三）水笔

清奇骨格自风流，君子谦谦好作俦。
未及开言先脱帽，文章满腹总低头。

（四）蜡笔

大红漫染满天霞，黄绿轻描滋柳芽。
七彩童心挥洒处，长成多少向阳花。

（五）橡皮擦

一生长伴读书郎，除污纠非随处忙。
若得华笺洁如玉，此身磨尽又何妨。

（六）三角板

尖尖三角共三边，一世因缘勾股弦。
长向人前争曲直，痴心一片守年年。

（七）量角器

悠然量去复量来，锐智钝愚凭论裁。
莫问胸中几多墨，空空如也又何哉？

（八）圆规

一端咬定不思迁，满纸飘然是笔尖。
占尽风光休得意，若无支点怎成圆。

（九）直尺

凭君纸上纵还横，纵处坦途横处平。
若为人生描轨迹，何愁弯路满榛荆。

（十）削笔刀

铮铮铁骨锋芒满，翼翼小心修笔管。
怎奈一生遗憾多，总将长处削成短。

花生歉收自嘲

那日初闻布谷歌，便将希望播东坡。
谁知苦笑晨风里，收获何如种子多。

鹊桥仙·七夕有约酬唱（五阕）

（一）鹊桥仙·次又一村兄七夕有约元玉

诗钟乞巧，飞花销恨，难忘当时雅聚。
经年此日又相逢，岂独在、雕章琢句。

书香盈阁，酒香绕室，羡煞牛郎织女。
欢呼声里点屏忙，料抢得、红包无数。

（二）鹊桥仙·次又一村兄七夕有约元玉

牛郎引颈，天孙对镜，道是今宵相聚。
心中纵有万千言，乍一见、不知哪句。

年年七夕，今来古往，多少痴男怨女。
鹊桥归路遍相思，只化作、飞霞无数。

（三）鹊桥仙·次一叶轻舟兄七夕有约词元玉以赠

茫茫人海，大千世界，难得众生缘聚。
红尘滚滚任沉浮，谁记取、云门三句。

虚怀若谷，灵台似镜，合是善男信女。
贪嗔抛却又除痴，戒定慧、终须禅数。

（四）鹊桥仙·次草世木兄七夕有约词元玉以赠

青山雨霁，闲云犹在，秋水鹭来鸥聚。
华章甫读齿余香，又检得、清辞丽句。

奇思频发，莲花每绽，端的文坛才女。
唐音宋律了于心，看明日、珠玑无数。

（五）鹊桥仙·次清风煮酒兄七夕有约词元玉以赠

东坡问月，少游弄巧，总为悲欢离聚。
清风起处酒香醇，漫送得、奇文瑰句。

人生苦短，来年早约，愿汝情牵淑女。
从今三百六十天，莫相忘、佳期暗数。

戏吟十二生肖（十二首）

（一）子鼠

生肖群中压丑寅，官仓民户任逡巡。
过街喊打陈年事，今作猫哥座上宾。

（二）丑牛

天生神力一何稀，鼓角铮鸣欲奋蹄。
但为金秋仓廪实，埋头默默驭春犁。

（三）寅虎

吊睛白额尾如鞭，百兽闻风未敢前。
莫是又逢不平事，冲天一吼撼山川。

（四）卯兔

白衣红眼意如何，心计多时窟便多。
一自负于老龟后，寒宫寂寞伴嫦娥。

（五）辰龙

难寻首尾又何妨，布雨行云泽四方。
潜海飞天佑华夏，同根一脉是炎黄。

（六）巳蛇

草丛大泽匿纤形，吞象衔珠一任评。
谁说生来性冰冷，雷峰塔下见真情。

（七）午马

赶月追风夸骕骦，一身汗血骋疆场。
奋然拼得识途后，闲卧南山啃夕阳。

（八）未羊

虽生利角性温和，跪乳从来美誉多。
一袭白云飘绿野，春风秋雨撒欢歌。

（九）申猴

攀枝沐冠叹无功，暮四朝三怨未穷。
捞月谁知成笑柄，何如一怒闹天宫。

（十）酉鸡

彩服丹冠气自昂，迎风振羽欲翱翔。
为求尘世光明在，暗夜沉沉唤太阳。

（十一）戌狗

秉义秉忠赞未休，吠声吠影守春秋。
人前但见时摇尾，只怪那根肉骨头。

（十二）亥猪

曾经上界号天蓬，贬落凡尘万事空。
镇日饱餐且酣睡，管它春夏与秋冬。

诗路宁海行

秋月春风向何处，缑乡百里唐诗路。

泛海登山踏歌行，诗情直欲追李杜。

一从西晋吾邑立，浙东明珠光熠熠。

浩淼烟波疑尾闾，巍峨云峤胜阆阙。

小城恰似桃花源，澄溪一带绕清绝。

卧龙飞凤长相望，秀水灵山毓人杰。

读书种子方孝孺，骨鲠千秋魂不灭。

文学师表舒岳祥，满腹珠玑誉东浙。

山泽遗才胡三省，通鉴音注谁能及。

左联烈士叹柔石，二月龙华殷殷血。

国画大师潘天寿，雷婆峰上挥巨笔。

巨笔漫描起昆仑，南龙一脉万马奔。

天台四万八千丈，王爱龙脊是东门。

秋荻春鹃长映发，泉声山色每销魂。

白鹿青崖何处是，冠峰绝顶绕祥云。

仰天湖水深几许，湖边可有鹿蹄痕。

若非太白梦中见，会向桐柏问天尊。

天台谁许舞虹霓，悠悠化作白渚溪。

溪流宛转绕芳甸，滋养万物泽苍黎。

秀出前童八卦水，润成岔路九秋畦。

一路留连归大海，西山回首月轮低。

那时飞檝那时月，清溪长伴桑洲驿。

壁上谁题秋雁辞，溪边曾印谢公屐。

水畔莫非探花郎，青衫一袭诗思湿。

多情流水去悠悠，半是白云半瑟瑟。

网撒俚歌打渔人，槎浮梅笛清吟客。

吟客何方约盟鸥，旗门港畔有东洲。

东洲自古繁华地，八方俊彦展鸿猷。

南商北贾开丝路，楚柁吴樯争缆头。

柁樯远去缆头在，好系易安舴艋舟。

舴艋舟小合徐行，一棹斜阳向长亭。

五屿成门幻海市，满山有路通东京。

街肆绵延宜诗酒，川原慷慨足渔耕。

缢蛏谁唤西施舌，泥螺沪甬负盛名。

长亭古道茵茵草，犹待敲金戛玉声。

敲金戛玉未肯休，望海岗上豁吟眸。

云抚茶园讶陆羽，风梳林樾梦庄周。

长天碧水真一色，缥缈仙山望中收。

若得当年谪仙至，长与海客谈瀛洲。

瀛洲莫道信难求，宁海湾里尽蜃楼。

鸥歌方外四时起，蓬岛浪中日夜浮。

杳杳钟声心自在，苍苍竹海舞轻柔。

何不烟波微茫处，迎风散发弄扁舟。

踏遍乡关处处诗，秋光照眼日迟迟。

清歌一曲偕谁醉，鸥鹭翩翩共忘机。

公社放映员生涯琐忆（五首）

（一）竞聘上岗

高中毕业莫踌躇，回乡再与田为伍。

广阔天地炼红心，背负青霄脸朝土。

那日炎炎近立秋，抢收抢种汗如雨。

忽听单车铃脆响，来人对我高声语：

公社征招放映员，命你考场来比武。

匆匆洗泥腿，随人到考场。

考官两三个，候考一大帮。

唱歌五六句，读报十几行。

抄书一小段，再试写文章。

吾曰文章家里有，日前板报新上墙。

田头农活未曾了，禾苗犹盼种田郎。

考官也知稼穑苦，容我先回田里忙。

日暮归家翻手稿，一交公社莫牵肠。

生来非是"官"家子，肥缺美差休企望。

孰料月余送惊喜，此番状元真及第。

六月谁言飞雪无，君不见玉门关外春风起。

放眼祥云绕帽峰，彩虹隐隐来天际。

（二）培训结缘

硬拉代课忽三月，通知参训声声急。

学童送我逾五里，颜公河畔依依别。

时值隆冬聚一堂，文庙通铺暖洋洋。

师父无私倾所有，真情绝学似长江。

三天但愿成高手，哪顾徒儿搔冻疮。

期间何事最难忘，总理遽归举国伤。

龙山披雪花无语，浦水凝哀波不扬。

再聚龙山已早春，猴乡风物一时新。

映前宣传成重点，幻灯制作倍缤纷。

课余得遇窈窕子，静淑幽娴花照水。

道是二弟我同名，论规论矩应称姊。

谁曾想一声姐姐晕生脸，烂漫桃花差可拟。

自兹种子萌心底，七年修得终生侣。

知凉知暖敬如宾，兴来也学齐眉举。

如非培训结情缘，哪得近水遥山偕凤鸾。

（三）送影上山

山道弯弯荆棘中，小村半被白云封。

一肩挑梦追飞鸟，两脚生风逐彩虹。

入村心潮再难平，村里村外闹盈盈。
奔走大多八九岁，围观岂止两三层。
苔石残砖争座位，烹鸡宰鸭待亲朋。
未及西山垂暮色，村民齐聚晒场侧。
张哥李姐唤亲亲，瓜子花生忙瑟瑟。
场灯一暗亮银屏，欢呼声伴进行曲。
渡江侦察好男儿，激流方显英雄色。
故事时缓时又疾，场中忽静忽切切。
坏蛋好人各一词，争得稚童双耳赤。
人群偶尔起波浪，姑娘尖叫复低斥。
剧情一俟紧张处，翘首凝神眼不眨。
终了方知兴未央，时光恨不从头越。
云路蜿蜒灯明灭，山歌犹绕天边月。

（四）幻灯之痛

放映生涯行渐远，陈年旧事刻心坎。
若问哪桩最难忘，不禁诅咒幻灯片。
那年区里起花样，幻灯欲决英雄榜。
能者多劳千古理，队长从来是巧匠。
只怪我平昔心安坐享成，此次忽然手痒痒。
一为队长减辛劳，二为分工勿相忘。
玻璃未许沾尘粒，红汞加水充墨汁。

横平竖直似绣花，字字行行倾心力。

写完再试幻灯机，残月如钩方肯歇。

那天队长欲躬亲，告之诸事张罗毕。

惴惴捱至汇映时，心里莫名空落落。

待到幻灯上银屏，倏然腿软眼昏黑。

当日精心摹写处，竟是茫茫一片雪。

红汞原来添水多，强光送远隐踪迹。

满场观众顷哗然，同仁齐向我身瞥。

峣峣标杆折一时，滚滚红尘疑末日。

白驹过隙卅余秋，偶尔忆起仍戚戚。

（五）省城受奖

青葱岁月忆曾经，浅浅深深似幻灯。

获奖正因幻灯事，漫天飞雪赴杭城。

交流几页浑不记，奖状一张心底铭。

那年月八亿人民八个戏，文化堪同沙漠比。

唯余电影下农村，宣传娱乐一肩起。

少年恰似犊初生，敢向潮头举旌旄。

辞藻串珠付心血，青春挥洒秀银屏。

国计民生凝笔底，方针政策说分明。

乡间撷取新鲜事，漫向人前赞与评。

快板走书颂先进，山歌小调闹春耕。
乡民每笑疏狂态，怀抱竹筒唱道情。
内刊交流常作客，地区汇映每标名。
苦辣酸甜谁与论，春华秋实自缤纷。
如歌岁月亦如酒，闲品陈年樽复樽。

壬寅漫咏

写春联

又是一年除夕时，几痕墨韵染春思。
红梅舒卷皆为福，紫燕呢喃恰似诗。

陪孙儿放烟花

火引牵来筋斗云，夜空刹那起缤纷。
孙儿雀跃欢呼里，满满童心满满春。

看春晚守岁

相声小品若清汤，歌舞只应过眼忘。
但得年华能守住，苦捱春晚又何妨。

微信拜年

吉语萌图短视频，拜年花样总翻新。
敲窗冻雨何须急，祝福满屏胜暖春。

压岁（祟）钱

谁知习俗几千年，辞旧迎新压祟钱。
小小红包寄深意，四时管领佑平安。

年夜饭思昆儿

新冠行阻又经年，除夕擎杯忽泫然。
何日重洋任飞渡，人间至味是团圆。

中国女足顽强逆转日韩夺得亚洲杯有寄

硝烟弥漫绿茵场，暴射长驱鼓未央。
但使中华魂不灭，玫瑰经雪愈铿锵。

答又一村

不记何时变懒虫，诗情早已付东风。
壬寅但有初心在，俚语村言醉老翁。

北京冬奥会开幕式观感

锦簇今宵着意裁，冰花开罢雪花开。
更高更快更团结，火炬高擎向未来。

晓起遇雪

昨宵曾梦舞瑶台，晓起漫天柳絮来。
莫道无心遮丑陋，只须着意涤尘埃。

芯园访花痴有赠

抚草拈花别有情，支锅烹土笑曾经。
芯园春色四时满，姹紫嫣红一梦轻。

俄乌战争感吟

谁点烽烟乌克兰，无辜忍看肆摧残。
环球安得同凉热，铸剑为犁朗朗天。

入春

忽报家山始入春，溪头陌上渐缤纷。
风骚休问谁先领，岸柳鹅黄少女裙。

酬友人见赠石臼以养莲花

岁月沧桑石臼奢，一汪清水养莲花。
但期夏雨打荷叶，相聚臼边共品茶。

晓出闻布谷感怀

春山经雨自氤氲，风软犹含鸟语亲。
堪叹声声催布谷，乡间可有种田人。

走路赚钱戏题

求鱼缘木足新鲜，散步居然能挣钱。
也许再过三五载，淘金首选是春眠。

山雀

风轻日暖自无忧，溪边树杪各啁啾。
鸿鹄岂知山雀志，安居足食复何求。

自家乡乘高铁至杭州有感而忆旧时

一声退却万重山，缑邑钱塘顷刻间。
忆里晨星窥话别，至杭灯火已阑珊。

入旧居偶感

遁迹山乡十二春，旧居偶入倍亲亲。
多情应数墙边桔，一树金黄待主人。

春日汶溪

春来汶水舞鲛绡，唤取东风着意雕。
溪畔谁人摄新柳，镜头闯入小蛮腰。

谒方孝孺纪念馆有怀

满腹经纶志未酬，以身殉道誉千秋。
读书种子今安在，惟见桃溪静静流。

修剪紫藤口占

但恐相逢春信迟，紫藤催我早修枝。
凝眸就简删繁处，隐约风摇串串诗。

题郁金香

绿袄桃腮正妙龄，春风拂处愈娉婷。
莫非今日嫁如意，不吝红妆照眼明。

红绿灯

电作明眸铁铸魂，风霜雨雪守晨昏。
心中自有公平在，不向豪车让半分。

夕阳

半悬碧落半衔峰，眉眼迷离总望东。
未肯从容下山去，一时挣得脸通红。

路灯

生来无悔骨嶙峋，傲立更兼土与尘。
冬忍寒风春忍雨，但求温暖夜行人。

杏花春雨江南

远山半被薄纱笼，杜宇声随杨柳风。
最是江南杏花雨，林间溪上唱吴侬。

登雷婆头峰怀潘天寿先生

蜿蜒山径逐流莺，寻迹雷婆春景明。
莫问峰间何所有，淋漓大笔骨铮铮。

三一五晚会观感

似真还假总坑蒙，花样繁多各不同。
纵使天天三一五，奈何难敌孔方兄。

扎篱笆

几捆杉条几缕麻，朝暾伴我扎篱笆。
东君吩咐多留眼，放入春风好抚花。

紫花地丁

墙根野径自零丁，心事青青谁与听。
无意三春争国色，紫花散作满天星。

桃花

谁遣夭桃傍竹篱，无端斜出两三枝。
似拦欲问踏春客，记否当年崔护诗。

满堂红茶花

东风拂处露华浓，玉蕊香浮玛瑙盅。
立向枝头情似火，纵然一坠满堂红。

题少时旧照

轻摩方寸欲潸然，往事如藤心上缠。
我笑黄孺真稚气，汝应笑我早华颠。

惊悉东航航班失事梧州

噩耗谁传寰宇间，阳春风咽雨潸潸。
今宵多少哀思烛，照遍梧州十万山。

观弈偶感

星位天元岂等闲，占边争腹尽波澜。
江湖谁见无忧角，有眼何妨壁上观。

庭院玫瑰

瑞典女王凭玉轩，夏琳公主自婵媛。
几多嫩蕾羞还闭，心事何时对我言。

见青菜抽薹

一点秋光未肯赊，雪中持节绿无涯。
新薹不忍付刀俎，留待阳春共赏花。

眠牛山赏樱遇雨

眠牛忽又雨霏霏，惹得黄鹂恰恰啼。
淘气春樱纷作雪，沾过华发复沾衣。

夜逢急雨撑伞护花

忽闻窗外雨哗哗，复见灯前树杪斜。
唯恐芳菲脂粉湿，忙撑华盖护娇花。

晨兴觅句闻鸟鸣而有所思

晨兴觅句羡黄莺，叶底花间自在鸣。
纵有吴丝蜀桐在，何如天籁两三声。

见屋后小溪清浊无常有感

曾经四季绿如蓝，可数鱼虾可看天。
今日一溪西逝水，时清时浊为何般。

诗路海韵·浙东唐诗之路宁海数字馆开通有寄

但探海韵尾闾遥，欲觅诗魂天姥高。
莫问千秋有多远，轻轻一点到前朝。

新品水仙花开略似牡丹

缕缕清香溢未休，茎如绿玉瓣如绸。
何时开向洛阳去，更比牡丹胜一筹。

偶感风寒而爽约一叹

分明有约不成行，休怪风寒咒疫情。
咳嗽而今真似虎，一声能退百千兵。

理发随想

华颠或有旧时愁，一剪三推满地秋。
设若愁丝如白发，经年足以绕寰球。

春笋

春雨深情唤几番，忸怩探脑看人间。
堪怜空有尖尖嘴，心事终归不肯言。

愚人节一则

青山遥对见浮云，世事纷繁可有真？
随处林泉书一卷，余生何不作愚人。

清明

幡白鹃红宿雨晴，子规声里过清明。
谁家冢上未添土，莫是新冠又禁行？

春钓

闲来长羡武陵人，遁入桃源觅潜鳞。
云卷云舒浑不管，悠然钓取一溪春。

春夜寄友人

焉能梦里仗吴钩，且向蜗居作楚囚。
除却天边那镰月，问君何以斩春愁。

题石缝笋

同样春光异样形，栖身石缝叹零丁。
愿君长作如椽笔，直面乾坤书汗青。

妻以"春天的故事"为题每日播报小院花事

黄绿红蓝波逐波，春天故事汇成河。
留连花海何嗟叹？道是眼睛不够多。

见草木灰堆形状略似富士山故戏题之

艺术殿堂梦有无，一双巧手叹农夫。
禾苗织出春秋锦，草木烧成富士图。

中华书局许老师惠赠精美中华诗笺

正是嫣红姹紫时，更逢喜鹊唱南枝。
华笺今伴春风至，但待金秋题好诗。

超市偶见

箱箱袋袋复瓶瓶，怀抱肩扛双手拎。
扫货深宵一何苦，总为鹤唳共风声。

听老歌《明天会更好》

谁家旧曲动心弦？往事随风到眼前。
岁月如歌歌似酒，酿成希望在明天。

贺超英兄《书香阁诗钞续集》梓行

半是疏狂半是痴，谁将岁月琢成诗。
灵泉涌出从容旨，妙语拈来自在题。
桃李枝枝满花果，乡关处处漫吟思。
长歌一曲云天外，浩荡东风猎猎旗。

去岁花生严重歉收今年又种祈盼良多

又种花生向旧畴，去岁景象总悠悠。
耕翁若得老天悯，一颗阳春百颗秋。

自在心

时钓鳞波时种蔬，春风作伴乱翻书。
灵魂闲对花开落，脚步漫随云卷舒。

神舟十三号航天员乘组平安返回

昨日银河尚摘星，今时打卡北京城。
他年我赴嫦娥约，能否顺风捎一程？

微信官宣朋友圈十周年

白云苍狗叹如烟，微信成圈竟十年。
朋友经年恐疏淡，此圈日久守依然。

时有乡村邀撰楹联随想

山留云迹水留痕，邀撰楹联又一村。
肉食真应问黎庶，孰为虚表孰为魂。

题铁线莲

消得柔柔春雨怜，绿红粉紫美翻天。
风光显处君知否，根本终须铁线连。

见老牛舐犊

草丛田角每相偎，舐犊依稀见泪腮。
因念重洋云诡处，几时招得客心回。

世界读书日晨读偶遇

诗经一卷向何处，溪畔凉亭旭日初。
莫道冥冥先有约，谁人隔岸唱关雎。

弹簧

藏藏躲躲每蒙尘，绕绕心肠绕绕身。
凌弱畏强真不齿，偏夸能屈亦能伸。

云为诗留
——读崔颢《黄鹤楼》诗戏作

烟波江上不须愁,遥看汉阳鹦鹉洲。
黄鹤经年终复返,白云千载为诗留。

上海音乐学院三百师生结束在宁海隔离时
以原创歌曲《花》作谢

只因疫疠走天涯,便把他乡作故家。
三月缑城春意暖,比春更暖是心花。

诗意的惩罚

绿道散步,偶闻一三四岁小女孩对其姐姐说:"你坏,让
蝴蝶站你眼睛上。"因记之。

混沌初开性赤诚,童真一片自澄明。
纵然惩罚也诗意,蝴蝶翩翩站眼睛。

有感于上海封控区居民线上举办葱摄影展

不记何时嫌日长，观图谁肯笑荒唐。
墙门忍看成天堑，但愿一葱能渡江。

石竹花

蝶白榴红别样姿，登场总在暮春时。
休看称石复称竹，一片柔情谁更痴。

见蛛网于路灯下

独守中军刀自横，布防密密复层层。
莫非明早罗鹰隼，晒网通宵借路灯。

饯春

时光终究未能赊，莫问春归何处家。
待到隆冬再斟酒，相携踏雪探梅花。

石梁飞瀑

石梁作伴不知年，满腹珠玑谁比肩。
闻道瀛洲天更阔，奋身一跃向平川。

天台华顶山千年云锦杜鹃王

风霜雨雪劫无休，厮守天台多少秋。
过往白云情脉脉，化为锦绣挂枝头。

古寺隋梅

铁枝铜干傲孤标，暮鼓晨钟慰寂寥。
悟否菩提终不语，风中犹自忆前朝。

和合人间文化园

琳琅无语诉千年，荷叶田田拥二仙。
一片匠心深几许，漫看和合满人间。

悼人民艺术家秦怡

曾经逐梦唱青春，皤首依然作女神。
料是人间留不住，天堂银幕更缤纷。

骆家坑印象之滨海栈道

栈道蜿蜒放眼量，尽头大海两茫茫。
林间小鸟不知倦，引我随诗向远方。

骆家坑印象之芭蕉小屋

芭蕉小屋远尘嚣，清茗一杯伴海涛。
若得重阳再来此，漫听秋雨打芭蕉。

骆家坑印象之四季花海

雨后群芳妆倍新，蜜蜂忙碌蝶相亲。
眼前海是心中海，一样花开四季春。

骆家坑印象之农耕体验园见小游客

斗笠歪斜垄上行，锄头一把学农耕。
种瓜种豆开心处，梦与幼苗同长成。

又见麦浪

漫卷轻翻风正熏，镕金遍野自氤氲。
此生幸作农家子，麦浪重逢分外亲。

题友人所摄双鸟图

枝丫摇曳恍天台，忘却忸怩腮贴腮。
若得呢喃能解语，天荒地老不须猜。

中国（宁海）徐霞客开游节二十年有怀

开游古邑谱新篇，倏忽光阴二十年。
同一首歌犹在耳，梦中仍是指挥官。

端午诗人节感吟

榴花照眼近端阳，茉莉初吟句亦香。
一曲离骚一樽酒，诗魂犹自绕沅湘。

题友人老宅门前硕大仙人掌

花如醇酒刺如矛，厮守苔痕春复秋。
一片痴心君莫问，旧墙门里有乡愁。

玉簪花

瑶池昨夜宴犹酣，醉里谁遗碧玉簪。
飞向琉璃枝上插，幽香淡淡透重帘。

牵牛花

纤花柔蔓费评夸，点染秋光晕淡霞。
何日牛郎亲手折，长随织女鬓边斜。

朱顶红（孤挺花）

一茎孤挺向苍穹，气宇轩昂自不同。
借问卿卿官几品，炫人顶戴饰朱红。

宝莲灯花

谁将珠玉挂青绫，浅粉深红叠几层。
设若沉香今救母，神州遍处宝莲灯。

耧斗菜花

纷披绿叶竞豪奢，五彩花开灿若霞。
敢问谁先唤耧斗，分明阆苑一奇葩。

金光菊

陌上山陬遍处金，漫将蓬勃向天吟。
随风爱作霓裳舞，赢得翩翩彩蝶心。

风车茉莉

饭余安步过农家，茉莉幽香未肯遮。
回首循香舒望眼，篱边挂满小风车。

雨后海棠

珠泪缘何挂满腮，江南五月正黄梅。
易安若是再相问，应是绿肥红也肥。

百合花

叶自棱棱花自馨，风中愈显俏亭亭。
百年好合深深愿，付与西窗夜雨听。

绣球花

七彩绒球满院门，谁家闺秀选郎君。
腮红休问因何起，花有清芬亦醉人。

感恩广州章以武教授惠赠散文集
《风一样开阔的男人》

谁知耄耋似孺童，端的文坛不老松。
一卷新书越千里，暖心最是岭南风。

访诗友枇杷山庄有赠

枇杷带露欲生津，鸡鸭随风唱白云。
有酒何须羡彭泽，不妨闲作种诗人。

环卫工

朝扫尘氛暮扫愁，可怜乌鬓扫成秋。
何时觅得拂云帚，振臂一挥净九州。

《野草花开》散文集分享会席间口占

真情自可谱华章，扑面清芬泥土香。
野草比花更经久，春风吹起傲秋霜。

老茧

肩锄荷笠每耕春，老茧新成倍可亲。
稼穑元知苦中乐，此生合是种田人。

乌贼（墨鱼）

终年深海自营营，堪叹无端负贼名。
空有一腔泼天墨，谁知前世是书生。

弹涂（跳鱼）

小洞栖身心自安，跳来跳去任盘桓。
宫商角徵丝桐上，偌大海涂谁敢弹。

虾

惯于作势舞双刀，未待交兵先折腰。
后退皆因前路险，一时红极总煎熬。

青蟹

铁甲钢钳谁敢欺，海滩沼泽任驱驰。
孰知鼎釜水将沸，借问横行能几时。

黄花鱼

昔时长见入贫家，今列珍馐每斗奢。
既作龙宫纨绔子，何须扭捏扮黄花。

观雨

漫漫霏霏如梦轻，柳帘谁许燕穿行。
红绸伞下春思湿，一片岚烟抚不平。

听雨

时密时疏似唧啾，敲窗打叶愈清幽。
生来惯听江南雨，梅子黄时亦带愁。

怨雨

连番山雨挟山风，满目芳菲尽落红。
未解天灾蜂与蝶，不知何处觅花丛。

盼雨

风烫路焦溪底干，可怜田稼半枯蔫。
何时祈得及时雨，洒向尧天解倒悬。

喜雨

浓云深处听惊雷，喜雨漫山遍野来。
旱魃从兹遁无迹，村醪欲满老农杯。

悼乔羽老

每从笔底绽春秋，拈朵稻花香九州。
此去遥知须小憩，天河双桨荡悠悠。

有感于今年超短梅雨季

怪事年来费琢磨，黄梅腰斩究如何？
上苍谅有悯人意，唯恐江南雨太多。

烂尾楼

雨打风吹近海旁，裸筋瘦骨诉沧桑。
可怜墙上萋萋草，一脸迷茫对夕阳。

观福建舰下水仪式

剑指长天意气扬，国歌雄壮彩绦翔。
蛟龙昂首深蓝去，汽笛犹呼邓世昌。

闻京广线京武段高铁时速达标三百五十公里戏题

闻友江城正举樽，便登高铁别京门。
长风一驾三千里，箸上武昌鱼尚温。

香港回归二十五周年

紫荆开向白云边，遍处烟花犹眼前。
廿五春秋风共雨，香江指看彩虹天。

《诗路宁海》首发吟得一绝

登山泛海撷华章，戛玉敲金墨韵香。
天姥瀛洲谪仙梦，绵延诗路在缑乡。

书香前童

正学文章未可追，也曾精舍洒春晖。
读书种子新芽发，黄口齐吟弟子规。

童衍方艺术馆观书画展

铁画银钩妙入神，如诗水墨叹清新。
白溪着意衍文脉，描出缑乡别样春。

前童诗路竹韵馆

簟笠篮笼筌筲箕，竹枝幻作百千姿。
乡间道是寻常物，馆里分明首首诗。

七七事变八十五周年怀卢沟桥

国耻家仇凝此桥，狼烟散去恨难消。
遥知今夜卢沟月，犹照醒狮唱大刀。

乡间偶遇少时玩伴

山村偶遇闪惊眸，共举白头望白头。
往事如烟拂还绕，一壶佳酿是乡愁。

凌霄花

青蔓飘摇总望高，繁花浅绛足妖娆。
尘世若无依附处，问君凭甚上凌霄。

见莲花夜开昼合而打油

理应六月竞鲜妍，合合开开为哪般。
难道能源也趋紧，夜间绽放白昼关。

见火烧云有感

泼猴踢倒老君炉，烧得银河水欲枯。
殃及凡尘忧旱魃，天庭谁肯悯农夫。

闻孙儿团队获街舞齐舞浙江省总决赛儿童组两座特金奖

澎湃激情谁点燃，劈叉后仰大回旋。
满场喝彩缘何起，律动青春舞少年。

持续高温一叹

田稼烤炉不欲生，苍黎深甑似炊蒸。
连宵梦里常惊起，总把蝉鸣作雨声。

再访柔石故居

黛瓦青砖小巷深，金桥柔石费追寻。
欲温身后生前事，寂寂空庭寂寂心。

入伏

时序也逢行路难，连番烽火遍新冠。
待迎初伏姗姗至，已浴桑拿几十天。

人民解放军建军九十五周年

九十五年风雨程，忠心赤胆铸长城。
倚天一柄青锋在，禹甸煌煌万里晴。

食鲜荔枝偶感

壳犹带露叶犹新，白玉初尝满口春。
若得贵妃向今日，何须一骑起红尘。

咏空调

总化严寒如暖春，管教酷暑似秋晨。
生来欲解凡尘苦，宁负皇天不负人。

知了

蛰伏漫随春早迟，趋炎方得向高枝。
但听镇日喊知了，试问腹中多少词。

七夕遇高温

金风玉露一相逢，天上人间此愿同。
奈何银汉水如煮，今夕鹊桥通不通？

百亩荷塘

百亩荷塘一望中，深红浅白杂莲蓬。
悠悠鱼戏田田叶，淡淡香随款款风。

王莲

莫问仙葩何处边，平生初见叹王莲。
谁邀白鹭波心守，单腿轻摇绿玉盘。

睡莲

凌波绝色出凡尘，绮梦甜甜一脸春。
吩咐蜻蜓那厢去，休教惊醒睡美人。

荷上露珠

青池铺满绿云笺，露似珍珠亦可怜。
莫是嫦娥悲永夜，暗将清泪洒君前。

莲子

花渐飘零叶渐蔫，风华昨日渺云烟。
明知结子心犹苦，只为瑶池欲种莲。

"八一八"台灾二十五周年偶怀

每逢此日总神伤，廿五年前风雨狂。
酷暑如今长肆虐，台风小试又何妨。

处暑日种菜

处暑年年沐晚风，一畦萝卜一畦葱。
今年种菜晨曦里，却似置身炊甑中。

闻名师因"怕学生"而申请提前退休

不负芳华育俊英，讲台三尺寄深情。
纵然不舍亦挥别，只为无须怕学生。

孙儿贵州观天眼

贵水黔山遍锦罗，梯田苗寨布依歌。
深山何事寻天眼，漫漫人生迷雾多。

怀中国天眼之父南仁东

一生宇宙苦追寻，二十二年最呕心。
客至倩谁话天眼，群山无语白云深。

电影《隐入尘烟》观感

乡土为诗苦作弦，悲歌一曲撼心田。
世间幸有真情在，隐入尘烟不计年。

观日出

丹霞迤逦渐氤氲，天际一轮似可亲。
秋水望穿拱还隐，终然未肯破浓云。

黄金沙滩

晓风好客送潮音，海鸟多情浪上吟。
最是沙滩怜不足，霞光染处遍黄金。

榆林小商户卖五斤芹菜遭罚六万六千元事件感吟

滥罚胡为闻未闻，苍生一把泪酸辛。
昔年无怪泰山妇，宁与於菟作近邻。

戏题向日葵

一样春泥着意栽，苍松笑我不成材。
东西南北皆风景，何必攒眉向日开。

闻泸定震后现当年飞夺泸定桥式救援

山崩地裂壁垣残，劫后救援分秒间。
铁索又悬飞夺影，黎元生命重于山。

壬寅中秋恰逢教师节

中秋几度未团栾，桂魄今宵愈可怜。
谅必相逢教师节，人间天上两婵娟。

秋访东门岛

兴来访奇岛，小港聚千篷。
晨海泼岩浪，秋山落帽风。
天描瑞云白，谁舞锦巾红。
合十怜妈祖，迷离总望东。

访西林佛山

闻说西林好，驱车向盖苍。
山风远钟磬，竹海静禅房。
摩壁见如意，清心醉夕阳。
澄明一溪水，云影共天光。

强台风梅花过境

狂风直欲撼山斜，暴雨倾盆未有涯。
送走瘟神余悸在，今生莫再遇梅花。

九一八又闻警报

一声警报动神州，家国谁忘昨日羞。
四海时常翻浊浪，梦中能不枕吴钩？

题溪里方《美丽池塘图》

池里分明别有天，青山雨霁缈岚烟。
溪鱼寻梦忽惊散，映入桃源十二仙。

游青草巷见芭蕉偶感

亭亭见我叶微摇，青草巷中耽寂寥。
忘却悲秋何许事，随它凉雨打芭蕉。

观彩视《最美乡村》致心雨

岚峰赏罢赏烟波，快乐人生一首歌。
最美乡村动情处，漫听心雨滴清荷。

接龙又一村"情怀总在水云间"

情怀总在水云间，也羡鸳鸯也羡仙。
秋月清风谁管领，一生向往是桃源。

辉县上百山羊跳崖坠亡事件随想

决绝生灵究可哀，阎王殿里抱团来。
水丰草美云天阔，心结缘何解不开？

又遇全域全员核酸检测

长龙九曲学蹒跚，一见棉签心底寒。
何日人寰霾散尽，放歌纵酒艳阳天。

蟹同虾说

浊浪翻时也盼清，罡风起处总心惊。
横行倒退实无奈，只为尘间路不平。

国庆日露天坪雅集

留连慢生活，再上露天坪。
谁念黄花瘦，吾怜秋气清。
红歌庆华诞，雅韵诉衷情。
放眼家山秀，云天自在鹰。

二十大放歌

桂香熏十月，盛会运良筹。
坎坷来时路，峥嵘今日秋。
初心描远景，使命铸金瓯。
华夏泱泱梦，长风万里舟。

题崖缝小树

安身崖缝尺余长，绿叶纷披亦向阳。
若是当年逢沃土，或非成柱便成梁。

宿嶒心农家

秋峦叠叠复层层，云笼农家三五灯。
漫听鸡声啼晓月，澄心犹自对崚嶒。

戏题仰天湖

大山深处嵌明珠，荻白枫红景自殊。
行客随他仰天笑，形如碗小也称湖。

金松林玩吊床随想

无边秋色染松林，脚踏朱弦头枕琴。
小鸟休惊皤首客，轻摇漫荡是童心。

重访柿林村赏吊红

幽径无端十八弯，柿林又见昨时颜。
谅忧岁末余暇少，先把灯笼挂满山。

见古树劫后重生有感

曾经擎盖屹巍然，雨雪风霜不计年。
雷击火烧浑不怕，新枝又见指云天。

秋行见芦花

梧叶终归未肯留，家山一夜枕寒流。
芦花笑我头先白，我笑芦花一片秋。

题《残荷图》

曾经映日独娉婷，一片琴声共雨听。
漫看秋风萧瑟处，瘦枝依旧入丹青。

闻潘天寿小学一学生入选中国诗词大会线上千人团喜赋

诗经乐府熟于心，李杜苏辛随口吟。
一遂峥嵘少年志，雏鹰天际影深深。

腰痛戏吟

滑移端的痛难消，坐卧皆非恨老腰。
忍望长天羡鸿鹄，扶拚万里自逍遥。

英国七周三首相戏题

堪笑七周三首相，政坛儿戏自荒唐。
曾经帝国日不落，只道如今是夕阳。

逛茑屋书店得句

满屋温情书自香，售过理念售时光。
咖啡盈浸从前慢，卷帙漫寻日月长。

向快乐出发

海色天光忘晓昏，象山逛过逛三门。
野蔬村酒清欢足，不老童心最可人。

雨中觅陈长官墓未果

宁海县志载：五代时宁海县令陈长官为民抗命被杀，百姓感恩，于城西建陈长官墓，墓额镌"履亩铭恩"四字。细雨中往而觅之，已无踪迹，甚憾。

秋山苍莽雨沾襟，履亩铭恩何处寻。
无墓无名叹良吏，丰碑千古矗人心。

十月游三特渔村见红梅花开

惯看梅花伴雪花，渔村十月见奇葩。
莫非家国欣欣事，一夜春枝未肯赊。

赞火药雕刻师徐立平

白云生处暮连朝，火药如花着意雕。
热血早忘几生死，误差未许半分毫。
身残霄汉可奔月，志远潮头敢钓鳌。
举世殊惊神十五，大风犹唱立平刀。

秋访船帮里

谁见渔村号大周，巍巍犹见古城楼。
春风早度船帮里，沧海桑田别样秋。

戏题红月亮掩天王星奇观

天王欲向月宫藏，惹得人间一夜狂。
道是嫦娥春二度，广寒内外尽红妆。

题诗友《豆娘图》

怜卿绀袂共缃裳，窈窕轻盈嬉水旁。
别趣芳名谁可解，莫非豆蔻便为娘。

宁海最美公路掠影

晚霞染罢染晨曦，一片缃红客自痴。
烂漫秋光谁谱曲，任凭小鸟唱成诗。

空心菜

幽幽漫漫雨中吟，碧玉纤柔风不禁。
前世长为情字累，今生成菜也空心。

儿子催打新冠疫苗加强针

隔洋连日送谆谆，一片孝心尤可亲。
防控无关松与紧，新冠偏爱老年人。

卡塔尔世界杯观感

风云变幻绿茵场，几家饮恨几家狂。
纵使梦中羞启问，神杯何日属炎黄？

闻广州宣布恢复正常秩序

惊雷昨夜起羊城，越秀林间闻早莺。
工厂课堂争勃勃，街谈巷语恁多情。

悼江长者（二绝句）

（一）

申江忽见鹤西归，呜咽寒风黄叶飞。
欲问苍天天亦恸，滂沱涕泗湿人衣。

（二）

曾经寥廓任翱翔，后乐先忧梦未央。
秋月春花连四海，当时只道是寻常。

神舟十四号、十五号航天员会师空间站

会师谁敢向瑶台，烂漫心花傍日开。
何不金樽盈绿蚁，共邀天帝饮三杯。

初冬见满墙爬山虎

满墙摇曳一望红，不枉当年攀附功。
无限风光凭占取，堪叹只是近深冬。

清平乐·宁海老年大学建校三十周年

岁逢而立，正展云天翼。

硕果欣欣芳草碧，望处晚霞如织。

时装茶艺烹煎，诗书画影歌弦。

莫道满头银发，分明不老少年。

题内子摄如春冬景图

小院玫瑰别样红，汶溪瀑布势逾雄。

如歌岁月如诗景，莫问是春还是冬。

野菊花

篱边陌上倩谁栽，漫向西风寂寂开。

非为寒微远春色，霜中许是少尘埃。

初冬乌桕

霜叶团团赤似枫，最宜乌桕看初冬。
可怜一树珍珠串，鸟啄风摧向草丛。

农家小院见烟草花开

一枝烟草向风斜，几朵初开散作霞。
碌碌人生多少事，谁知清趣在农家。

潘家小镇印象

谁家鸡唱醒东方，来去白云迎客忙。
绕舍清流闲锦鲤，穿村大道向康庄。

登情人谷

御风策杖向东坡，未管崎岖路几何。
踏上云峰心未老，有人放胆唱情歌。

过玻璃天桥

凡夫偏向太虚来，战战兢兢小步挨。
谁在后边放声喊，前头端的是瑶台。

晨起双龙溪打水漂

雾隐双龙梦未央，水漂勾得少年狂。
心随石片飞溪里，一串涟漪向远方。

谒丹邱讲寺

梦中几度谒丹邱，未见山门已磕头。
阅尽前朝多少事，千年烟雨润台州。

葛家村竹里馆听箫随想

馆向参天竹里藏，寒山一曲绕心房。
制箫若用参天竹，或有清音动紫皇。

山乡日出

春暖殷勤照八荒，冬寒每见懒洋洋。
也知造物偏心眼，总是山头先有光。

观稚童吹肥皂泡

一个小瓶一支管，漫天飞泡不知闲。
可怜七彩缤纷处，存灭从来刹那间。

闻友人新冠阳性戏题

未晓谁能免一阳，杨过明日是杨康。
隔屏遥祝无多语，唯有心头一瓣香。

毛主席诞辰一百二十九周年有怀

指点江山万里雄，激扬文字敢雕龙。
吟眸晨望东方日，心底犹呼毛泽东。

闻人劝阳偶成

新冠席卷漫天狂，避疫何如早日阳。
亲友皆阳阴独汝，合群岂不费思量。

以稻草为果树蔬菜御寒

寒身能御朔风侵，果树为衣菜作衾。
还望莫嫌情太薄，年来此物亦难寻。

观黄雀啄辣椒戏作

如风黄雀扑椒间，甩喙摇头未肯闲。
貌似浑然不怕辣，莫非祖籍大巴山？

见林荫下植树致枯死

浓荫新苗密密排，乘凉两载变枯柴。
有钱任性谁家事？村叟无端又骂街。

蟹爪兰开花趣题

三春时节到吾家，夏日秋风费力爬。
莫是横行也评奖，居然蟹爪满红花。

闻老农叹种菜难

一生耕种未知难，去夏今秋徒喟叹。
萝卜枯黄葱蒜死，莫非菜也染新冠？

又见挖路

忍看钻头又剜心，是非非是费沉吟。
五年一路三开挖，难道土中真有金？

无题

避疫山乡未有期，但凭寒九冻吟思。
明知最是诗无用，乐此不疲无用诗。

孙愫贞老师《九十回首》梓行有贺

一片初心未敢忘，彩虹风雨不寻常。
为师曾育中流柱，从政犹存锦绣章。
沥血关工情满满，呕心康复韵泱泱。
人生九十欣回首，更待期颐醉夕阳。

悼长兄

中宵忍听侄号啕，怎不心头割似刀。
耕读渔樵皆里手，吹拉说唱尽高标。
小名村口常呼弟，重炮楚河每斩枭。
驾鹤西归何急急，双亲往事共谁聊。

红豆杉

绾起青葱别样姿，朝霞暮色守痴痴。
更怜秋雁南飞后，便把相思挂满枝。

壬寅疠疫之殇

君不见百年变局撼全球，山雨欲来风满楼。

君不见世纪疫情如怪兽，张牙舞爪虐神州。

口罩居然成标配，棉签日日捅咽喉。

严防死守充耳闻，动态清零春复秋。

曾记否三月阳春花正妍，喜气迷漫上海滩。

人流如织南京路，霓彩缤纷浦江边。

精准控防真典范，百业兴旺乐尧天。

孰知一夜狂飚急，疫魔突向申城袭。

浦东浦西多静默，南京路上可罗雀。

葱蒜竟成奢侈品，慢病且忧一片药。

从来忙碌惜时光，讵料今朝嫌日长。

墙门咫尺似天堑，一苇谁言可渡江。

心头百感诉还休，再向蜗居作楚囚。

除却天边那镰月，问君何以斩春愁。

沪上风声未肯停，神州鹤唳足心惊。

核检全员更全域，身无绿码步难行。

惊弓之鸟记曾经，囤菜囤粮箱复瓶。

扫货通宵一何苦，莫非超市也清零。

捱过春夏难捱秋，又见新冠袭广州。

滔滔一似珠江水，江畔蛮腰不胜愁。

翘首晓昏穿望眼，倩谁解得众生忧。

惊雷倏忽起羊城，撤卡解封欲躺平。

越秀林间早莺唱，珠江波上彩虹横。

工厂课堂争勃勃，街谈巷语恁多情。

恰似一夜春风来，玉宇澄清万里埃。

屏间有幸享欢悦，陌上无端绽早梅。

驴友行囊何用整，大妈绸扇不须催。

亲朋抢约年夜饭，欲向酒楼杯复杯。

奥密克戎何时灭，躺平风险有谁识。

专家众口执一词，但同感冒无多别。

宅久闻言四处奔，象山逛过逛三门。

村酒野蔬清趣足，天光海色自销魂。

白云苍狗随风去，不老童心亦可人。

芸芸沉醉梦未晓，疠疫讵知如海啸。

横扫地北更天南，不分青壮和幼老。

如影随形避何处，一人染上全家倒。

平民院士共医生，企业机关更学校。

公交客比晨星稀，快递积嫌泰山小。

色变皆因邻里阳，河山遍处愁云罩。

谁说略和流感同，罹患直欲咒苍穹。

剧痛难名何所似，高烧无异入蒸笼。

喉头长觉利刀割，鼻孔时将水泥封。

设若人间有炼狱，应许新冠第几重？

炎黄自古一家亲，厄难之中情最真。

解疑释惑浮心定，济困救危举措频。
云上药箱送温暖，社区诊疗惠黎民。
一袭白衣真天使，今朝再作逆行人。
微躯偏向羊群闯，热血敢将炼狱焚。
抗疫三年功与赏，丰碑一座是杏林。
山河梦醒应无恙，莫问春潮几时涨。
蜡梅悄然绽枝头，道是春天在路上。

猴乡两赋

天河赋

天河者，宁海白溪水库之雅称也。君不见，是处烟雨轻柔，惟阆苑兮媲美；瑶池莹碧，故天河兮为名。抚今追昔，感喟万分，是以援笔而为文。曰：

华顶兮巍巍缈缈，天河兮浩浩汤汤。坎坷西来，汇万涓而终成澄练；蜿蜒东去，经百里而始向海洋。嗟乎往昔，盖因田高而溪低，不得灌溉之利；或有云暗而雨暴，家园顷刻茫茫。梦绕魂牵，筑大坝以防洪蓄水；兴利除害，播泽霖以造福梓桑。万众同心，克千难而誉满；八方勠力，创奇迹而功彰。大坝千寻，涵森森纳空水色；碧波万顷，蕴悠悠散瑞天光。青山常青，携自在飞花入春梦；白溪不白，化无边丝雨幻缫乡。持明心之旷达，自润物而慨慷。是则送汩汩清泉，圆甬上苍生之梦想；杜滚滚洪涝，保沿溪黎庶之安康。滋百里田园，添欣欣春华秋实；输万钧电力，靓漫漫城市山乡。

如此平湖高峡，自然悦目赏心。峰险木荣，叶承露兮霞映；石奇水秀，浪叩岩兮弦清。料是葛洪约至，天姥峰中，太白梦吟疑绛阙；总为霞客招来，飞龙湖上，鸳鸯嬉戏惹春情。碧水飞舟，畅襟怀于猎猎；青山漫步，享泉韵之泠泠。幽谷洞天，宜待一轮明月；山岚幻影，可闻几啭流莺。黄板滩头，临潺湲而羡鱼乐；清风寨里，望翠黛而觉云轻。

　　况乃水以柔而济世，人因水而衍延。故而芸芸众生，自当敬天而畏地；翩翩雅士，理应仰水而俯山。犹是天河之水，智者乐之而能思，高格堪赏；贤人濯之而能省，泓涵自渊。知水爱水，生命之源至温至烈；敬水学水，上善之德常悟常参。利万物而不争，奉献则足迹长留天地；汇百川于大海，包容则阳光常驻心田。

　　噫嘻！若天河之灵秀，其广不必如东海，其高不必如泰山。然则忘机于樵歌，探晋唐之诗韵；品茗于兰榭，赋今日之尧天。得自然之清趣，远尘世之嚣喧。无管月圆月缺，不问春暖秋寒。如是，则不羡武陵之桃花源也！

杜岙鲁迅部队诞生地纪念碑文

夫杜岙者，吾邑东乡之福地也。林茂竹修，看青山夹峙；龙潜鱼跃，听绿水潺湲。樟擎华盖，遮四季之风雨；殿奉圣人，佑一方之平安。是故耕读传家，世衍赵宋之后裔；崇德尚武，代有精忠之铁肩。惟若赵君礼贤，志存高远；儒雅书生，少年英杰。每忧家国之安危，常念苍生之寒热。追求真理，愿抛一颗头颅；向往光明，甘洒满腔热血。忽闻进军号山河回荡，冷看旧世界风雨飘摇。大丈夫何惧沙场裹革，真豪杰自当跃马横刀。至乃序属己丑，时值元宵。圣人殿里，会聚群豪。礼贤振臂，勇士腾蛟。举鲁迅部队之旗帜，怀解放人民之信条。燃东乡红色武装之火种，卷台属摧枯拉朽之波涛。但经一夕半朝，捣毁柘浦、儒雅乡公所；不费一枪一弹，缴枪力洋、茶堂、道士桥。反"围剿"，猪娘炮吓破敌胆；扫土顽，毛屿港涌来怒潮。转战两月，队伍壮大十倍；指点江山，豪情挥斥方遒。飞檄传号令，乘长风扬帆海上；铁肩担道义，汇洪流荡涤神州。

噫吁嚱！念往事之悠悠，眺前路之漫漫。惜岁月之静好，奋复兴而梦圆。

寄情联语

春联

牵一缕春风拂开柳眼；
酿几分诗意吟醉梅魂。

春文亭联

善举诚如冬阳春雨；
仁心便是道德文章。

为紫江村撰联（二比）

虹垂彩焕晴还雨；
潮涌澜回暮复朝。

晨迎霞绮，邀青山入眼；
夜听潮声，任明月当头。

为上金谷如意长廊撰联

廊名如意，常来常如意；
谷谓上金，多谒多上金。

为赵家山村长廊撰联

一练澄溪宜拾梦；
四围沃野且犁春。

为凫溪村长廊撰联

云淡坐看千岭月；
风轻闲钓一溪鱼。

为篆畦园无弦琴景点撰联

竹雨松风，篆畦长有韵；
鸟鸣蝉唱，天籁本无弦。

为黄墩公园牌楼撰联

卓笔书汗青，千年古埠春秋画；
虹桥待明月，一鉴清光天地诗。

为深甽月星轩绿道闻莺撰联

甽水无弦清琴邀客听莺去；
星山有韵绿道待君步月来。